贈閱

董啓章 × 駱以軍

目次

陪孩子上學途中

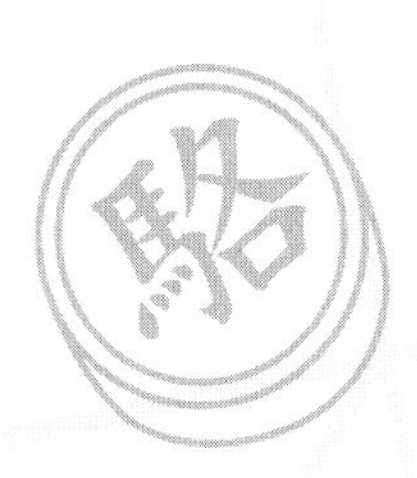

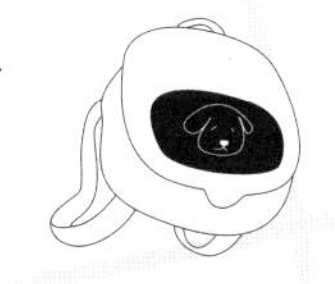

我是不是希望將我想像的、期望的（也許是陌生的驚嚇或恐怖、超出一個小孩能理解的豔異之景），塞進我孩子的上學途中？

駱以軍

瘦：

在這許多公路電影中，我特喜歡那部俄國導演Andrey Zvyagintsev的《歸鄉》：謎一般的父親，突然出現在這兩男孩的世界，並帶他們展開一段荒涼、詩意、整個世界那麼暴力、絕望而他們得上路的旅程。那父親隱喻了所有「父親陪孩子上學途中」的形象：寡言；不擅長隱藏感情；因為被小孩並不知道的這個世界傷害過了而呈現一種線條的剛硬；不理會小動物似的軟軟的在路途中因好奇而耽擱、分心；以軍事化的粗暴訓練這兩兄弟獨立（讓還是小孩子的他們，學習開車、划船、對付對他們粗暴的青少年、如何面對曠野孤獨的恐懼）。兩個男孩恨透了這個憑空冒出的父。但最後怪異的，他們在那無人的小島上意外地害死了這個父親，他們——一個奇怪的迴圈——恰用那父親一路暴力施加強迫他們學習的技能：用棕櫚葉拖父親的屍體、替小船塗上瀝青以防水，成為孤兒的兩人疲憊地在大海上操槳划舟，終於回到了最初的碼頭，那載著父親屍體的小船又沉入大海。這個父從虛空中闖出，又像從無這個人的回到虛空。兩兄弟瞬間成為大人的心智，開著父親遺留的那輛爛車（以及他教給他們的技能），將那公路陌生之境轉為「歸途」。

這事我覺得九年了（先是我大兒子，後來是兩個孩子一起，現在是小兒子），我幾乎每日早晨得送孩子到他們小學後門，或下午到同一地點等候，帶他們回家的這段路，可能不到三百公尺吧。就是穿過一些公寓和日式魚鱗瓦老屋、樹木的綠蔭密覆的巷弄，比較特別的是會經過新生南路一座清真寺的背後、緊鄰著一間天主堂，到那條巷道的底端，有一間香火算鼎盛的小媽祖廟，神龕上黑臉女神鳳冠霞帔，侍將猙獰，但其實經過時，裡面總有一些老人汗衫短褲拖鞋坐摺疊椅在車馬炮對賭。這段路總讓我擔心，太平靜無有驚奇，太安全了。

比起我小時候住永和，換過三所小學，但上學放學之途，無不像一趟小規模的冒險，長征，沒有大人陪，穿過那迷宮般，十二指腸的巷弄，快步走至少要十五至三十分鐘。途中經過車潮洶湧的馬路，可見殺雞宰魚場景的傳統市場會有小巷裡讓你流連忘返的柑仔店，那些琳琅繁花般的五角抽，或那麼一台賭博性的水果盤機台，有彈子房（那更是會衝出勒索你的邪氣青少年），有工地，我們會翻進那些拆除到一半的鬼屋般的日式老宅廢墟，穿梭冒險，有的走河堤，用石子投擲樹梢的木瓜，或闖進一座吊了七八塑膠袋貓屍骸的竹林，較大一點後（約國一到國二），我的同伴還幹過偷腳踏車的壞事，推著偷來的腳踏車到學校附近的修車行換煞車或補胎，小鬼就可以對那一身黑油總是蹲著的老師傅沒大沒小殺價……

我還曾經撞見一個小廟拜拜之前的辦桌（吧），一群老人圍著，其中一人用尖刀殺一隻豬，那是個冬日清晨，所以我印象中從豬被割開的喉管，或他們往那還在微弱掙扎睜著黑眼睛的畜生身上淋澆滾水，都不斷冒出蒸騰的白煙。

這些活跳跳「上學途中所見」時刻，我父親從不在那畫面陪在童年的我身邊。我是不是希望將我想像的、期望的（也許是陌生的驚嚇或恐怖、超出一個小孩能理解的豔異之景），塞進我孩子的上學途中？但是否我總陪在身旁，那冒險的、危險的時刻、那意外誤闖的暗巷歧路，便總不會真的對他們展開？

啟章，和你聊這個話題，我特別有感覺。我們是同代人，不覺也各自走到這個年紀。你的長篇，特別給我印象畫派《神的孩子都在跳舞》、《給新新人類》這樣的負軛、贖回、啟蒙的未來小說大全景的意念。好像是我們不覺也走在這個世界的夢境或街景。

近半世紀啦，我們也許從年輕時的「歪斜人」，孤種的《安卓珍尼》，從裡面長出一個「父」的身分，守護者（如此脆弱）或更是陪伴者（如此驚懼或哀傷）。

我曾聽你說過，你帶阿果上學的路途，比我艱難許多（印象中換乘火車、巴士，種種不同交通工具）。父與子在（香港）那樣街車人潮中的前進。對我而言就像極小規模的公路電影。

不可預期的，慢慢一年兩年三年五年，我或是你在那段不進入路程，但其實累加起來漫漫長途的「上學途中」，長出了一個內在安靜、無人知曉的什麼小宇宙？

孩子的位置放在哪裡？或跟在一旁走的你（父親）在哪個「觀看人類

全景」的位置？

肥

如果這是他偏執的人生中的唯一快樂，我又怎忍心把它滅掉呢？

董啓章

肥：

老實說，接送兒子上下學的途中，我多次想逃掉。

或者，說真的啦，也不是真的逃跑（因為實在跑不到哪），而是渴望這樣的生涯早早結束。

從孩子上小學開始，就要從新界北區送他到九龍市區上學，因為他不像一般小孩本區就讀，而是選了家比較遠的學校。但說遠也不是真的很遠，如果坐火車的話，半小時就到，加上步行距離，頂多是四十五分鐘。還可以的。問題是，兒子的特異嗜好，或直接點說，怪癖。

坐火車，我兒子是絕對不肯坐「舊款」的，也即是舊的型號，準確地說是英國製的都城嘉慕列車，從鐵路轉為電動化的一九八二年服務至今，期間車廂經過翻新。他要坐的是「新款」，也即是日本製的近畿川崎SP1900列車，一九九九年投入服務。兩種車又簡稱為「圓頭」和「尖頭」。問題是，新款或尖頭全線總共只有八列，而舊款或圓頭卻有二十九列。八比二十九，結果可想而知。每天上下學坐火車，就是一場大賭博。好運氣的，等三或四班之內坐到；倒楣的，十班也等不到，或更可怕的，跑到月台剛剛送車尾。那是令他（以至於我）崩潰的事情。

常常因此而要提早很多出門，也常常因此而兩父子在月台或車廂內大動干戈。我兒子的反應我就不詳細描述了，總之就是固執如石，橫蠻如牛，天地都不怕，全世界照罵。簡單地說，就是無法理解和接受世事無常，世界不是順應他的意思。而從他三歲開始出現超級分別心和固執狂，我作為父親就已經無法以權威甚或暴力鎮壓（試過硬把小小的他拉到車上結果全程哭鬧直至你厚不住臉皮在下一站下車），又或者各種計分獎賞溫柔讚美的方法，去緩解他對於沒有規律的事情的焦慮和恐慌。而解釋世界為何不按個人意願運作，所謂好壞只屬主觀並無實質，或者人生就是要面對不如意等等的大小道理，多年來天天說也說上了過萬遍。但是，他沒有絲毫動搖。

看著孩子沒法像其他正常人一樣坐車，甚至為此而毀掉了一整天的心情，無法好好上學，心裡真是莫名其妙的悲痛。好像不是什麼的大事吧，但是，這只是同一思維（或情緒）模式的其中一個例子。基本上這就是他經驗人生的模式。我也曾說過，如果你能夠安然愉快地等，爸爸可以忍受，可以陪你等下去，這個「不正常」是沒關係

的，但是，千萬別發脾氣，怪別人。有時他可以做到一下，但很快又不行。而制止他無理暴怒的最後手段，就是比他更暴怒，發飆得更厲害，非如此不可鎮住他的情緒。讓他也覺得我太過分了，他才有點畏怯的稍歇一下。不只一次，我就像個精神病漢一樣在眾目睽睽下大呼小叫。我想，我也變得有點「不正常」了。

當然，在好運的日子，會看到他像其他孩子一樣乖乖地坐車，一臉安靜滿足的樣子。或者在下車之後，還站在月台上依依不捨地看著心愛的列車離去，或者興奮地和我說著不同型號之間的車頭燈的分別或各種諸如列車號碼編排之類的精細而無用的知識。這些時刻我就不禁想，如果這是他偏執的人生中的唯一快樂，我又怎忍心把它滅掉呢？

今年孩子小六了，這個學期他開始自己上下學了，而我也終於如願結束忍受多年的迎送生涯。除了多一點自己的時間，也可以不用再面對那些令人腦袋癱瘓無法即場應對的驚嚇場面了。可是，其實兒子還是要自己面對自己的問題。而我，竟然已經開始懷念每天帶孩子坐火車上下學的日子了。

瘦

小說中的女神

或有一天我們該合寫一本小說，讓我的少年和你的少女，來談一場輝煌的戀愛吧。

駱以軍

瘦：

我認真地回想，還是那三個字「少女神」。我記得我大一吧，在陽明山，有一個冬雨的傍晚，我糊里糊塗走進一個（可能是電影社辦的）小放映間，第一次看到了一部動畫片，那個少女近乎宗教獻計地一人之身，平息了被醜陋貪婪人類激怒的，遮蔽了天空漫野無盡的巨大王蟲的毀滅攻擊——納伍絲嘉。很怕被人看到，我滿臉是淚地走出那老建築播放間，才知道那是宮崎駿的《風之谷》。

當然後來，老宮崎駿的一系列這些「少女神」：宅急便魔女、戴著飛行石從空中降下來的美少女、魔族公主、甚至《龍貓》裡那片尾竭力找著妹妹的女孩……在我心中第一名的，沒有懸念，就是那進入神或妖的祕境，將變成豬的父母搶救回來，並想起「名字被收走、遺忘」的美少年白龍，他的全名「賑早見琥珀主」，的那個少女千尋。

我想我們倆都是「少女控」吧？但似乎我們各自最初的「童話或詩意的女神」——《安卓珍尼》，或我的《妻夢狗》——你似乎能進入那緘默，以絕種預感而按下陰性時間刻度，從而開啟更豐饒、月光蘆葦般款款擺擺感受性的，神祕的換日線，從而打開「時間簡史」。我則是，像「被豬神詛咒的少年」《魔法公主》，對那次沉睡的少女形象，蹬蹄馬嘶，再被她拒絕（或傷害了她）的這世界的噩夢：魔鏡弄得瘋狂暴怒。強暴她、玷汙她，印證她的柔慈、原諒和救贖可以延展到多遠的地界，多黑暗冰冷的宇宙邊緣的破洞。

啊，我想起來了，在冷到骨頭喀喇作響的冬雨晚上，看了《風之谷》的第二天，我又失魂落魄走進那昏暗的小放映間，那天放的是溫德斯的《欲望之翼》——那個神奇的一周，我還看了柏格曼的《第七封印》、雷奈的《去年在馬倫巴》、楚浮的《四百擊》，那之前我根本是個「藝術電影白癡」，卻在那短短的一周像闖進魔法屋，幸福戰慄地連著看像黃金蟹膏最精粹的幾部靈魂飆音的經典——而《欲望之翼》，那個穹頂上的大天使，愛上的馬戲團女孩，受創的（或那麼柔弱而預知她必然受創）、穿著一身狼藉俗麗的薄紗芭蕾裝，她苦悶憂悒日復一日在那篷車馬戲團、表演高空走鋼索、高空鞦韆。她抽著菸，臉上的妝可憐兮兮的糊了。青春在她貞靜的少女身體，像忘了換水的海芋花，潔白的花瓣慢慢枯萎，而淡綠色的花莖吸吮著發臭的死水，卻那樣的糟蹋變醜了。

讓我想想：有一些女孩名字浮現了：《欲望街車》的白蘭琪；《生命中不能承受之輕》的特麗莎；《挪威的森林》裡的直子；杜斯妥也夫斯基《白癡》的Natasia；莒哈絲《情人》裡的少女；張愛玲。

靈魂的軟肉嵌插著大小玻璃碎片的女人。被昔日傷害所困的女人。像紙菸那樣燃燒冒出一縷煙的女人。為愛瘋狂而跌入羞辱之境的女人。或有評論者說過：董啟章小說的詩意核心，即使天工開了物，始終是高中美少女，而我駱某小說的斷頭噩夢，就算是李元昊大逃殺，根本還是撞球店裡打群架的廢材高中男生。確實我在呆頭呆腦的高中時光，常白日夢幻想：我長大後要去妓院，不碰那「可憐的妓女」，然後帶她逃出那絕望之境。但我一個高中生要把這樣一個活生生的女人，藏在這世界的哪個隱密之所（我內心戲想了許多黑幫追殺搜捕的畫面）？我竟想到，把她藏在我永和老家極破舊的違建小閣樓上，每天偷拿家裡的飯菜給她吃，並拿我父親書櫃的小說上去給她打發時間。我完全沒想到她有大小便和盥洗的問題。

仔細想來，三十年過去了，我現在在寫的這個小說《女兒》（二〇一四，印刻）原來還是做同樣的一件事：蓋一個世界之夢的殘骸，碎片為材料的閣樓，然後把那個既脆弱，又將救贖什麼，既被許許多多的惡所玷汙，又在這樣藏在裡頭。或有一天我們該合寫一本小說，讓我的少年和你的少女，來談一場輝煌的戀愛吧。

肥

我簡直就是個一直在寫「理想女神」的（大？小？）男人，或更可怕地說，一個繆思崇拜者。只是太羞愧而一直不肯認，還扮作無差別的女性主義同情者。

董啓章

肥：

我應該先爆出來：對談題目都是你擬的。

上次你說我的小說是「全景式」的，我恐怕只是見林不見樹，或者只如地圖一樣，好像概覽全世界，但畢竟只是抽象的符號。倒是常常驚訝於你一樹一葉一花一草（實際上是剝落的牆壁、鏽蝕的水管、破敗的磚瓦、發脹的死豬……）的像放大鏡一樣的令人難以逼視的具真再現。所以，說到「女神」，可能你筆下會立即湧出一堆無論高貴純潔還是妖豔邪惡但全都令人目不暇給的美人（你不是說過愛美是你的天性嗎？），而我卻只懂乾巴巴的談那個「理想」吧！

至於「我小說中」就更加可圈可點了。那很明顯就不是現實中的事情，而理想也暗示了目標的不可得。可想而知這種話題對一個有婦之夫來說是有點危險性的。無論這位理想女神的原型是不是自己的妻子，皆會招來一番逼供和責罵。於是就必須來一層又一層的虛構，以製造無法看清底蘊的謎團。說了這麼久，好像就是拒絕提供答案吧。

其實說說也無妨。尤其是我，從一開始小說裡的女性名字就一大串：西西利亞、維真尼亞、安卓珍尼（雌雄同體）、貝貝、不是蘋果、栩栩、恩恩、啞瓷、阿芝、正、中（中性或變性）……再數下去也有點不好意思了，怎麼辯駁不存在這個「理想女神」？我簡直就是個一直在寫「理想女神」的（大？小？）男人，或更可怕地說，一個謬思崇拜者。只是太羞愧而一直不肯認，還扮作無差別的女性主義同情者。

女神崇拜的原型可以追溯到青少年期。在初中的時候，我第一個迷上的是聖母瑪利亞。這樣說實在大不敬，但真的沒辦法！我那時是個虔誠天主教徒，整天盯著瑪利亞無比純美的聖像畫發呆，在暗夜裡還看見她向我微笑招手，然後因為忍不住產生過多齷齪卑劣的念頭而天天去告解（這不是有點像小但丁愛慕貝亞翠絲並予之神聖化的模式嗎？）。後來又非常沉溺於日本卡通《千年女王》（倒不知為何錯過了《銀河鐵道999》同一模樣的美達露），深深迷戀著那五官和肢體完全不符合人類比例的美態，以及那拯救地球於毀滅邊緣的壯麗。我甚至在宗教社團活動裡，把聖母瑪利亞繪畫成千年女王的模樣。兩女神二合為一，令人神魂顛倒。

也許基於這個先入為主的原型，青少年期暗戀的都是姊姊級的女生。到自己年紀

漸長，理想女神的歲數卻沒有同步增加，從中年大叔的角度就慢慢變成少女了。而又因為發現了小說這種東西，和寫小說這樣的行為，而在想像世界中爆發大規模的維納斯的誕生（象徵愛欲的Venus和代表聖潔的Beatrice，大概就是西方女神／聖女的兩大原型吧）。這就有點像命中注定的，不能自已地不停生產女神的形象。不妨告訴你，在我正在寫（但又遲遲寫不出來）的長篇中，還會出現真、善、美三女神（名為許如真、原和善、石兼美）。她們都會在將出版的《美德》（二〇一四，聯經）中預先登場（美其名為前奏曲，或如電影trailer，實則是寫不出長篇而暫時搪塞的下策。唉，唉！這樣的不停預告／預支也快到了刷爆卡的邊緣，再不結帳就信用破產了！）。古希臘劇場有所謂的deus ex machina，從機器來的神，本指那種把一切戲劇性難題都以神的介入解決掉的爛結局。那位扮演神的演員通常以機械吊臂從天而降。我不禁想，小說不就是那樣的一台造神機器嗎？

瘦

談夢

我寫的都是無夢的故事，相反你寫的就肯定是「夢魘之書」了。

董啓章

肥：

說到夢，無論是作夢還是寫夢，我都不是你的對手。先說寫，我在小說裡很少寫到夢，寫到的時候也不特別精采。我寫的都是無夢的故事，相反你寫的就肯定是「夢魘之書」了。你的行文方式——不斷變化的場景，瘋狂置換的意象，如幻術般以假亂真的比喻——本身就是一種「夢文體」。而我則顯得那麼的工整、清晰、條理分明，或可說是一種過於清醒的「覺文體」。不過無論夢與覺，其實也同是心之顯像。

至於作夢，也有高下之別。說自己不善於作夢，聽來好像有點奇怪。世界上可能真的有可以控制夢境的技巧，例如夢境禪修之類的，但撇下這個不談，單純是精神狀態上的差別，例如性格或者藥物的影響，也會造成夢的質素的不同吧。你說的那些如電影大師在你腦袋裡播放的影像，肯定屬於高質素的夢，而我每晚在個人夢戲院裡看到的，往往只是連電視肥皂劇也不如的平庸不堪的爛片，而且都是難以記憶和敘述的零碎片段，好像是由另一些電影所丟棄的部分隨意串綴而成，而那些原裝正片卻永遠無法看到。又或者，那所謂原裝正片其實就是清醒的人生本身，而夢則是被意識的剪接師裁掉的底片的非法重組和播放？類似於從前港產笑片在完場前嘈雜串連的「蝦碌」（NG）片段？難怪夢中有那麼多見不得人的東西！

我從來沒有把夢記錄下來的習慣。可能是出於疏懶，或者不重視，或者根本沒甚可記，或者可記（有意義？趣味？）的東西醒來之後都統統記不起來。早前因為讀了點榮格，想深入探索夢的寶庫，也試過刻意為之，記了幾天，但覺淡而無味，完全捕捉不到那種如幻似真的感覺，唯一的得著是在夢裡遇到榮格（還是海德格？總之是一個思想界大師模樣的西洋老者），便又作罷。

也沒有很深刻的揮之不去的可稱為恐怖的噩夢的記憶。我的意思是有過但已經淡忘，也不知是幸還是不幸。倒是有些重複出現的夢的模式，時常讓我焦慮和困惑。其中之一，是我有事急需打電話給某人（幾乎百分之一百是我妻子），但卻一直受到障礙。障礙的形式層出不窮，但卻永遠不是找不到電話。相反，手中必定是有電話的，而且通常是手機。可是，首先就是不小心按錯號碼，連續多次如此，就算加倍集中精神，手指一按下去就好像不聽使喚似的，總是按了旁邊的鍵。再下去就是鍵盤上的數字全都亂了位置，或者變成空白，甚至是紛紛像脫落的牙齒般掉下來完全按不了。就算電話有預設號碼功能也沒用，總是會按了別的。然後，還有打不通、接錯線、電話壞掉、被搶，諸如此類。

另一個重複出現的模式，是在不恰當的場景中發現自己裸著身體。那是完全沒有因由和過程的，忽然發現自己身上沒穿衣服，而當時正置身於公眾場所或參加公開活動（例如在學校、餐廳、公共交通工具或街上）。自己通常張皇失措，急欲遮掩或躲藏（所幸並非大模大樣的露體狂），但周圍的人卻並無異樣反應，以某種國王的新衣般的默契若無其事地忽略我的醜態。在這樣的夢中，只有國王自己知道自己的裸露，並且感到無地自容，但這樣說就不是國王，而應該是乞丐了。很不幸並沒有出現那個說真話的孩子，給我點破那只是虛幻的夢境。

不用善於解夢的人也會做出如此解讀：前者顯示我和妻子有溝通困難，而後者則是自閉症的表現吧。

通常醒過來後，要過了非常長的時間，我才彷佛從最冰冷黑暗的深海底，漂浮上來的一只沉船裏的浮球。

駱以軍

瘦：

我寫過好多的夢啊，從二十多歲時開始練習記夢，說來在那無數如枯死墜落像斷頭之茶花，那些散落在不同本書裡的夢素描，如此也寫了二十年了吧。獨立抽出都可出一本《夢百夜》吧。

這兩年我不再在驚醒後，迷迷糊糊立即用紙筆記下那些，天啊我覺得像是偉大導演在我腦中放映的光影搖晃之夢了。主要是我吃安眠藥（史蒂諾斯）已八年了吧，這兩年特別被小史及我身體抗藥性之間的失眠，睡眠破碎零亂所苦。那些夢，像被蒼蠅紙上黏性過強的膠水死死敷纏。它們被綁架在那安眠藥造成的大腦屏幕全黑的那一邊。

有一些夢像水族箱幫浦的小氣泡，好像從我年輕到現在都沒停過，只是情節稍作修改而已。譬如在教室考試的噩夢，其他人全像昆蟲搖著觸鬚，沙沙沙寫著。沒有意外那試卷紙上的題目我一題都看不懂。我全部的心理能量全集中於「我要作弊」這個意念。但我國中時那位嚴厲的老師，瀰散著一種「我知道你要作弊」的空氣，他站在我的桌前，緊盯著，等待我像蟬展翼他立刻螳螂撲攫。我看不到他的臉，只能近距離看到他西裝褲的纖維織紋。這可能是我整個青春期壓抑下來的恐懼礦層，非常深非常深的絕望。

另一種夢我總是哭醒。事實上我在夢中之殼膜裡，便是激烈哭喊著。有一些夢約略是這樣：我夢見我的妻子已是別人的女人，而我們在下雨的街道相遇，我想像陳奕迅那首歌〈好久不見〉，跟她說：「妳過得好嗎？」而夢中的她還是那麼美，她的臉發出精緻的薄光，那麼讓我迷戀。更悲慘的是，因為她沒和我在一起，整個服裝、氣質，顯得那麼高貴優雅。這種夢醒來時我會過了好久才回過神。意識到那麼清晰發生的膚觸感，那麼真實的空氣的濕稠狀之感；「這一生」的時光之痛，原來只是夢裡而不是真的這一世的命運。當我意識到「好險是夢」可以停下哭泣時，還是會像小狗繼續乾嚎幾聲，才足以排遣那「有一隻鵝踩過你墳頭」的骨頭裡的冷顫。

我也夢過不少次，我只是一個小孩子，在有著大摩天輪、雲霄飛車蜿蜒在空中軌道、旋轉木馬、海盜船的遊樂園裡，被我夢中形象如此年輕的母親遺棄了，那種在不同區，上下小台階，要和不同工作人員的大人詢問，裝出「我並不是被遺棄」無動於衷的好強，和那好強下的絕望。或者是我夢見我死去十年的父親，和他生命最終那些年對我無條件支持的老人形象不同。在夢中，一種浸在水氣中的，那麼濃霧般的哀愁。似乎他對我有了誤解。又回到我中學時打架被記過，成績單總是最後一名，或聯考放榜我落榜了。好像原來後面的這三十年並沒有發生，我還是那個他口中「駱家祖先之恥」的廢物。他對我失望透頂，我要印證現在這個我的文學成績，必須從頭，一個字一個字重新來過，從無開始，從頭開始寫。那個疲憊感真是超乎想像。

或有另一種說不上是噩夢的夢境，就是，譬如在一個洞穴裡，我愛的女人躺在我懷裡，像《英倫情人》的情節。她發著高燒，出現腦袋混亂的囈語，或就剩一口氣了。我告訴她，我必須步行去附近的小鎮求救。我要她相信我一定會帶醫生回來。她虛弱的求我別離開她。但我還是離開那個洞穴，然後我在那不是小鎮而是一座迷宮般的城市迷路了。不斷有新的情境將我愈扯愈遠，不斷的有人因看透我的爛好人脾氣，把我帶去醫院的後巷，一間酒館，或是他陰暗的小店，甚至一座廟裡，一座圖書館裡。感傷又不容打斷的跟我說他們的往事，愛情史，這座城市的某些歷史並不像現在那些偽善的傢伙說的版本。事情應該是怎樣怎樣的，層層累聚的陰影。我隨和的任他們從這個聚會轉到下一個聚會。他們全是有錢人，但我只是一貧如洗的求救的旅人。我哀傷的想：「我的女人在那荒涼洞窟裡等著我，她正一吋一吋的死去。」這樣的夢，通常醒過來後，要過了非常長的時間，我才彷彿從最冰冷黑暗的深海底，漂浮上來的一只沉船裡的浮球。

肥

那一刻我對自己感到陌生

這個行業，或是自己置放在「小說」這國際機場航廈裏、可憐角落的外幣兌換小櫃台，問題是，交到那無數雙伸向我們的手的「自己的貨幣」，就是一次一次「陌生時刻的我」啊。

駱以軍

瘦：

　我們這樣的人，就快五十歲了，可能各自從二十歲左右，就練習著把自己裡面那攀繩吊在礦岩洞，高低、光影不同處的小人兒，謄寫到紙面上、我們不同的故事裡。時光這麼拉長，其實是疲憊地在那麼可憐的簡單人格布帛，反覆搓洗出、模模糊糊的「我扮串的」面具紙漿，納博可夫、杜斯妥也夫斯基、大江、三島、張愛玲，不同的搓洗的陰鬱鷹勾鼻、激切、瘋狂、被這世界玷汙，那長期搓洗靈魂的我或你，其實是在一單一自己長期的手工勞作狀態。我不曉得你的狀態，但這些年，有時我會有拉長時光意識後的疲憊感。年輕時搓洗著、那刻意皺紙團裡的、想看清楚一些的，屈辱、螢燭般的憤怒、審美的變態、妄圖拯救的捕夢網，設法讓動物性的情感更玻璃器皿一些、大鍵琴演奏一些（這是你），或是更獸性一些（這是我），我想著：「還有讓這樣的工作者、不陌生的自己嗎？」

　喝醉的時候，在游泳池底部忘記所以的蛙泳時，很多年前坐在醫院妻子分娩病床邊的「第一次」，父親的葬禮上怪異的披麻帶孝、向致哀的來賓叩謝，或是，在異國機場迷路、我英文太爛不知如何求救，或某次在一偏僻小火車站，一個恍神掉落月台下、衰躺在那石堆小草間的鐵軌，或是，更許久許久以前，我第一次把手摸到女孩的私密如山谷清新百合的身體，那些時刻我感到陌生嗎？是的，但我幾乎全部寫過它們了。那超出我這個個體當時能向內調閱經驗檔的漂流時刻，我幾乎沒有留存、一杓一杓從最隱密的身體記憶挖空它們了。

這個行業，或是自己置放在「小說」這國際機場航廈裡、可憐角落的外幣兌換小櫃台，問題是，交到那無數雙伸向我們的手的「自己的貨幣」，就是一次一次「陌生時刻的我」啊。

這樣說起來，好像那老梗的、把這職業比成妓女或靈媒的腳色，「洗資料」，或朵麗絲・雷莘一個短篇中寫到：一個偉大的戲劇女演員，他們在謝幕後到後台，發現躺在休息室沙發上的她，整張臉像雞蛋那樣空白、光滑、沒有一張最單薄的表情覆在上面，一條無流之河。

瘦，你這個問題讓我反省甚至驚覺：我會不會把那些「陌生」的我，像第三世界貧民窟裡的醫療站，那些無法珍愛結晶出這些濕漉漉嬰孩的窮女

孩、不幸妓女，潦草、荒蠻的把那些沒成形、鼻子眼睛心臟小雞雞都沒長立體的「陌生」們，亂七八糟就用鉗子從我的大腦隙縫拉出來，流產了滿垃圾桶？

年輕的時候，每一個陌生的卵殼，都像外太空漂流艙，等著我們將一粒粒分子那樣稀薄的自己，傳輸過去，在裡頭孵養成「全新的蜷縮嬰孩」。有一些場景我忘掉了，曾經我和我心愛的女人在那夢境般、烤箱印象的房間大聲爭吵，我看著她像融化的燭油，火光暈微，滿臉汗淚，用頭撞著牆，我也憤怒的咆哮著，還是嬰孩的孩子也驚恐的嚎哭，但其實那回憶裡那聲音都被厚厚隔音牆擋住了。那時我衝上頂樓的違建小鐵皮屋，想跳下去了結算了，我哭泣著抽菸，憤怒咬自己的拳頭，我發現這不是座精緻靈魂的音樂鐘，那時可能有件奇怪的事發生了，我清楚意識到：我的時代，我的國度，並沒有真正的心靈，慷慨的珍惜那個少年時我以為透過川端、太宰治、卡夫卡、莒哈絲、更多更多在沙金中洗濯而蛻皮又長出透明皮膜、那樣的「安卓珍尼」，我發現我的靈魂翼骨下，長出了醜陋的癩皮，我知道那之後我只能以小丑的形貌在現實中泅泳。

「每個時代的創作者都會發現，最後只能孤自從自己的蚌殼，吐出黏液，贈與擠爆透明腔囊的童男高音，以及更重要的，它所需要的層層縱深的、審美或體貼的背景」，那是我至今倒推時針，最後一次記得自己如此陌生。

胖

那是一種寂靜的，無法表達、溝通或宣泄的恐慌。

董啓章

肥：

早上讀了你寫的部分，關於那紙質面具淘洗者在時間之流中無可挽回的變臉而終至自我陌生化，頓覺有事物自臉皮上紛紛剝落，掉滿一地曾經被稱為安卓珍尼、貝貝、不是蘋果、栩栩、獨裁者、黑、恩恩、阿芝、維真尼亞等等人物的面具的碎片。而我不敢照鏡，恐怕那過於清晰的倒映反射的是一副沒有面目的臉容，或如詩人佩索亞所自許的作者理想形態——一座讓人物來來往往的空舞台。

打開電腦，恍恍惚惚地寫了些自以為十分精妙的見解，但邏輯愈說愈不通，便又作罷。接近正午，不知怎的，忽然就焦慮症小發作，頓覺胸悶氣促，頭暈腿軟（我無意歸咎於你的文字的作用！）。立即坐禪半小時，安定心神。及後不敢回到寫作上，便挨在床上看書。又不敢看太沉重的，便拿了本正在看的黎紫書散文集《暫停鍵》（書名真應景！）。

相較於你那激烈爭吵後衝上天台，在悲憤和自殘（絕）的衝動中，碰上時代的靈魂匱乏的魔幻揭示，我的陌生時刻就沒有那麼戲劇化，甚至顯得卑小平庸了。那是

前年的冬天，我因為罕有的大意而錯失了和家人去台中清境度假的機會，一個人留在香港，不知何故就出現了焦慮症的狀況，而我當時一直懷疑是心臟病即將發作的徵兆。在和煦如夏的冬日陽光中，總覺寒意徹骨的我在機場入境閘外面，看著平安歸來的妻和兒子隨著下機的人潮步出，我竟然失去趨前擁抱甚或只是在臉上擠出微笑的能力，好像靈魂隨時要從那副僵硬的身體上脫離，而我腦袋裡的唯一想法是：不要在這時候倒下去。那是一種寂靜的，無法表達、溝通或宣泄的恐慌。醫學上的說法頗為準確——脫離現實感。那個晚上，我去了急症室。之後半年，我還會再去幾次。

（以下是今天焦慮症發作前隨意敲打出來的文字：）

「憂鬱是文學性的，而焦慮是無文學性的。憂鬱發作的時候，腦袋裡爆發出種種激烈而超現實的情緒，令人呼天搶地、捶胸頓足、撕心裂肺，猶如世界末日般的排山倒海。相反，焦慮發作的時候，腦袋只是被不知名的恐懼填塞，以至於無法呼吸，不能動彈，不但做不出半點狂態，更像是深陷泥淖，緩緩沒頂。而最可怕的是，竟變得像旁觀者一樣，看著世界好好的繼續存在，而自己卻孤獨的被抽離、被隔絕，猶如失聯的太空人在無邊的寂靜和黑暗中慢慢飄遠，而眼前漸漸縮小的地球，卻依然是那麼

的美麗。所以，如果憂鬱者輕生，焦慮者就是怕死。憂鬱者確信於無，而焦慮者執著於有。無令人空虛，求死；不但是死掉也沒所謂，而是死了更好。有本該令人充實，求生，但因無法承受生的重擔，時刻覺察自己的脆弱，並預期死之將至。憂鬱往往催生藝術，直至創作者自絕生命而止，而這行為本身也被視為藝術。焦慮卻阻斷創作，癱瘓行動，把人囚困於那生存的最底線的注視和掙扎中——單純的呼吸和心跳。憂鬱者心靈獨大，蔑視身體的存在；焦慮者身體獨大，封鎖了心靈的活路。」

下午讀黎紫書的散文，其中一段是這樣寫的：「但我在這幾年間清楚感覺到靈魂的壯大，身體比她早熟，但她幾乎以頑強的天真駕馭了身體，讓身體成為她的信徒。我以為那是一個『我』的完成，也是我這幾年在做的事。」

哎呀！常常尊稱我們為她寫作上的兄長輩的紫書妹妹，她在身心合一的修煉上已經超越我倆漸變殘廢的哥哥了。紫書肯定經歷過對自我的陌生，也許還繼續覺察其距離，誰會比她更明白自我分裂和扮演的把戲？在這時候，她再來動用「我」這個字，當中的意義就非比尋常。

一直很想寫但注定寫不出來的書

這樣跟你寫信的時候，腦海裏的書單一本一本浮現……如果我用一生交換，能寫出其中任一本，真是死而無憾不是？

駱以軍

瘦：

這是一個那麼波赫士的題目，於是我又去翻讀了一次他的〈永恆史〉，發覺像從未讀過一樣（事實上他這篇，我生命不同階段，重讀過不下十遍了吧），還是段落處處都想抄錄援引，但我這裡還是抄這段他之於「永恆」、最小男孩恐懼想像的話：

「彷彿一個夢中想喝水、而喝多少水都不能解渴的人，彷彿一個身在河中卻被乾渴焦灼至死的人，維納斯如此以幻象矇騙那些情人，可對身體的視覺不足以令他們滿足，儘管游離不定的互相交織的手撫遍全身，卻不能將任何東西分離或保留……情人們熱烈地擁抱在一起，情愛的牙齒頂著牙齒，但他們不能在另一方銷魂，也不能成為另一個自我。」

波赫士舉這個盧克來修關於「交媾謊言」的「我們的腦額葉意識到那是絕望的虛無和浪費，但就是被那巨大的欲望——不斷變化的時間裡，個人投擲進去而產生『史』，或『未來的記憶』的激情所驅策，在投擲進那不願意其消失的『極限的光焰』，交換貨幣或籌碼，成那個『永恆』」。

這使我想到西藏喇嘛寺裡，某種以手指捏「酥油花」的僧人，他們必須在酥油燈燒融那半霜半脂的腴軟熾燙狀態，將之捏成極薄的羽鱗薄片，然後疊綴成一座巨大的壇城——宇宙模型——裡頭亭台樓閣、仙佛菩薩、飛禽走獸、繁花百草，而為了抓住那高熱酥油花極短變固態之瞬，他們是邊掐捏，同時要將手指浸於嚴冬的冰水裡，所以這種酥油花藝僧，許多後來手指是骨瘍而截肢。那必然是有一幅，創造者腦海中的「金閣寺」吧。

那本「很想寫但注定寫不出來的書」，我想是這樣的一種「瞪視的對面」吧？對我而言，《紅樓夢》、《卡拉馬助夫兄弟們》、波拉尼奧的《2666》，或是霍金的《時間簡史》（這是受你影響），波赫士的《虛構集》，納博可夫《羅麗塔》，符傲思的《魔法師》……這樣跟你寫信的時候，腦海裡的書單一本一本浮現，怎麼可以漏掉卡夫卡《城堡》和馬奎斯《百年孤寂》呢？自己都覺得了無新意，又像對神燈許願的貪心漁夫，都是那麼美麗，如果我用一生交換，能寫出其中任一本，真是死而無憾不是？那一端地秤盤，慢慢，必然會成為小小的一座圖書館（於是那詛咒迴圈又出現：卡爾維諾的〈繁〉提到，福樓拜晚年那部博學又虛無的抄寫員大小說

《鮑華與貝庫歇》），但當那酥油燈的光在一陣焦臭的黑煙中消滅，我還是那個徒然過了這平庸大半生的我，手指黏黏刺痛抓了一小坨已凝固但醜陋沒翻剝成仙術的冷蠟，這部分我私密羨慕你的。你啟動過《天工開物》、《時間繁史》、《學習年代》這樣的「唐吉訶德大冒險」，用你的敘事，如波赫士說的「交媾謊言」，鑽進層層複瓣的祕密迷宮、圖書館，或地圖的錯駁描繪，我曾吞食過它們，卻排泄出變貌成讓我被濃縮拉扯那幻妄之夢的怪物之鮮豔大便，我被它們變成了「另一種人」（不幸卻又至福），卻沒在下半場，演化成「可能吐哺出另一本永恆之書」的、宇宙大維度意義下、截肢的僧人，這讓我在這個生命階段，悲嘆、又匍伏畏懼，深感餘日無多，「如果可以身體心智不下墜，而又活兩百歲就好了」。所以我突然一瞬靈光領悟，為何我明明讀過多遍波赫士的〈永恆史〉，每次重讀卻都像完全沒讀過一樣？因為我腦中迴路設計的缺陷，我可能是對「永恆」這個哈伯望遠鏡視覺位置的詞，缺乏想像力的那種創作者。他必須是一外於「歷史」外於「全景」的小說眼球構造，我可能著魔於近距微觀的搏鬥、戲劇衝突、動物性的變貌，我可能意識到自己和時代的交涉、在那每一滴下一瞬終將被曬乾蒸發的露珠。於是這個問題於我，會變成「很想寫但注定寫不出來的那個短篇小說」，但這是我們之後可能另一封信的另一個話題了。

肥

我們「注定」沒法寫出來的書，不是任何其他人（不論時代、國族、文類和水平）的書，也不是自己未寫的書，而是自己已經寫了的書。

董啟章

肥：

這個題目，也令我想起波赫士的書，但我想到的是〈《吉訶德》的作者皮埃爾・梅納爾〉。在這篇小說中，一位名叫梅納爾的二十世紀初作家有這樣的「壯志」——寫出跟塞萬提斯的《唐吉訶德》逐字逐句不謀而合的作品。但他的用意不是模仿或抄襲，而是讓自己「成為」塞萬提斯（不過他後來覺得這樣太容易而改變主意），例如掌握十六世紀西班牙語、重新信奉天主教、忘記近代歐洲歷史等，並在完全意識到《唐吉訶德》已經被寫出的情況下，寫出一部一模一樣的小說。

這個（其實是波赫士的）想法看似瘋狂，但在極嚴格的意義上，並不是沒有可能的。就如好些主張隨機演化論的科學家喜歡強調，一隻猴子在打字機上胡亂敲打，而剛巧一字不易地打出莎士比亞的《李爾王》，只要給予夠長的時間，不但不是並不可能的事情，甚至可以說是很大機會會發生的。這個夠長的時間，當然是指宇宙時間，也即是近乎永恆。與此相比，一個現代作家要培養自己「成為」塞萬提斯（或者但丁、歌德、李白、曹雪芹……），並寫出跟對方相同的作品，機率就大很多了。所以，設若你寫出《天工開物・栩栩如真》，或者我寫出《西夏旅館》，其實也不是太值得驚訝的事情。換個角度說，在永恆面前，我們互相寫出對方作品的可能性簡直是接近肯定了。也即是說我們的差異還不夠大！（體型除外）

不過，話說回來，要是塞萬提斯再生，他自己能否「再次」寫出同一部《唐吉訶德》也是疑問。因為從相反的角度來說，塞萬提斯比任何人更不像塞萬提斯，正如我們每一個人也最不像自己。假設我當初沒有寫出《天工開物・栩栩如真》，而你沒有寫出《西夏旅館》，到後來我和你還有可能寫出那樣的書嗎？又或者，就算我們當初的確寫出了那樣的書，到後來我們要像波赫士的梅納爾一樣，在排除模仿或抄襲（或憶述）的情況下，以作為《天工開物・栩栩如真》的作者「董啟章」或《西夏旅館》的作者「駱以軍」的身分，去重新寫出那兩部書（且不說是不是一字不易），再寫出來的肯定已經不是原來的《天工開物・栩栩如真》和《西夏旅館》了。因此，我們「注定」沒法寫出來的書，不是任何其他人（不論時代、國族、文類和水平）的書，也不是自己未寫的書，而是自己已經寫了的書。一個作家要重複自己，其實是不可能的事情。可能性是無限的，但每一個可能性也獨一無二。

但我還沒有說到「一直想寫」。如果已經寫了，就不能算是一直想寫。我上面說

的都是取巧。不如老老實實說吧。我心中在想的其實是一本「求生指南」，姑且把它稱為《人間合格》（它的對位很明顯了吧？）。別誤會，我說的不是那種野外或絕境求生的指導手冊（我的一位詩人朋友的確從網上購置了一整套末日求生裝備），我指的只是最基本的日常生活層次的生存術。而所謂生存術也沒有什麼奧祕，就只是衣、食、住、行幾方面，一個人如何照顧自己。例如如何以最簡單的方法處理食材，以保持均衡的營養；如何分配家務，維持家居的清潔衛生；如何做簡易的理財，而不至入不敷支；如何保持體面的外表，但又不用過度花費；如何遵守在公共場合的禮儀，但又不致於失去自我；如何防止跟別人摩擦，但又不至於自我孤立；如何避免惹禍上身，但又對自己的行為負上責任。簡而言之，就是如何獨立生活，保護自己；就算不能造福世界，也至少做一個合格的人。一望而知，這是一個極度憂慮兒子的將來的父親，所妄想能為兒子留下的人生錦囊。從很久之前開始，每當我想到將來總有一天不在兒子的身邊的事實，我的腦袋便會文思泉湧，冒出這本書的許多文句和細節來。

也許寫不出這本書並非因為「注定」，而只不過是因為這個想法實在太低能。

生活中真的曾遭遇的
「薛丁格的貓」

空和有，只是生存狀況的一體兩面。執有（以為一切皆真實存在）和執空（以為一切皆虛無不存在），同樣是偏見。

董啓章

肥：

這個說法真的很詭異，乍看還以為在生活（現實）中真的有一隻貓叫作「薛丁格的貓」，或者一個叫作「薛丁格」（誰？姓薛？）的人真的養了一隻貓，而且給我遭遇上了，情況跟遇上「駱以軍的狗」相似。有時字面地去理解（誤讀）反而會生出意想不到的東西。不過，我還不至於那麼取巧真的去胡謅一個姓薛名丁格的人所養的貓的故事。

如果不從字面去看，那就從隱喻去看吧。也即是說，根據那個著名的思想實驗的意念，去描述現實生活中一些「薛丁格的貓」式的處境。例如一個妻子懷疑丈夫有外遇，正猶豫要不要偷看他的手機。我們假設丈夫有外遇的話必會留下蛛絲馬跡，而他的手機就是那個封閉的房間，手機裡只有兩個可能性：一、丈夫有外遇；二、丈夫沒有外遇。在未打開那手機之前（假設妻子有辦法解開密碼鎖），丈夫有外遇和沒有外遇兩個可能性同時存在，但不打開卻又沒法確定。一旦打開了手機並偷看（觀察）了裡面的內容，可能性便立即縮減為一個。結果要不就是丈夫有外遇，要不就是丈夫沒

有外遇，總不成丈夫既有外遇又同時沒有外遇。所以，事情的結果是隨著觀察者的行為而促成的，也即是觀察的行為決定了觀察的結果。在外遇的事情上，妻子的偷看促成了丈夫外遇的發生或不發生，但無論如何，此一偷看行為如果給丈夫發現，便肯定會觸發更大的衝突甚至是離婚收場。所以，奉勸妻子們還是別嘗試去打開那黑匣子。丈夫處於既有外遇又沒有外遇的雙重可能性中，總比無論丈夫有沒有外遇也因為偷看手機的行為而影響了彼此的婚姻和諧好。

以上的警世故事純屬廢話。但無論是字面地去看還是隱喻地去看，也好像無法把那個思想實驗移植到現實生活中去。從物理學的角度而言，我們人類所置身的維度似乎沒有可能感知或體驗超過一個可能性的現實。我們一旦感知（觀察可以包含各種感官），可能性便縮減為一。多可能並存的平行世界永遠只可能成立於小說和虛構。就算我們把「生活」描述得如何「薛丁格的貓」，那也只是我們通過語言的詭辯來經營的假象，而非生活的實況。「薛丁格的貓」是個好小說題材，只要別寫得像我上面那個故事那麼爛。它甚至是好小說的特質，把生命中不可能的並行可能性，以想像的方法呈現。

不過，就密封房間中不可確定的雙重狀態而言，其實並不真的跟現實生活相悖。貓的生和死，就跟人生的有和無一樣，並不是互相排斥，不能並存的。《心經》說的「色即是空，空即是色」，就是這個意思。空和有，只是生存狀況的一體兩面。執有（以為一切皆真實存在）和執空（以為一切皆虛無不存在），同樣是偏見。佛家說「見」和說「相」，就是當中那個觀察的行為和所觀察的現象。問題是，一般的「見」（觀察）是「偏見」，即只看到打開盒子之後的單一現象，卻看不到打開盒子之前的雙重實相。要看到盒子裡的實相，需要的應該就是「正見」吧。而所謂禪修，很可能就是那穿透密封房間（存在的黑匣子）的牆壁的能力。

「薛丁格的貓」這個思想實驗，可以用《金剛經》的方程式描述：貓死，貓非死，是名貓死；或曰：貓生，貓非生，是名貓生。貓本來既生非生，既死非死，但一經觀察，即判定為生或死。此中的假名，就是世間中的諸種現象的臨時判斷。雖名為假，而借之為有；雖借名為之，而待之為實。此中又涉入了語言（假名）的作用，指稱的功能。那個房子其實是我們的腦袋（佛家說「心」），而「薛丁格的貓」是這個腦袋裡的語言構造。把這隻想像的貓視為丈夫外遇的代名詞，又是一層語言構造，或自心的投映。如此種種，與其說是真的在生活中遇到，不如說是生活的本身。每一個人的腦袋裡也有一隻「薛丁格的貓」。牠的生或死，端看我們怎麼去看。

瘦

「回不去」的痛感意味著你說的，物理學上我們確實只能感受到這一義的宇宙，理論上我們知道有無數的繁花多元宇宙，在每一個瞬間綻放或枯萎。

駱以軍

瘦：

我年輕時有一保護自己脆弱如蛋殼內心世界的機制，當受到超乎那時的我能承受的傷害、背叛、羞辱、謊言時，我會像電影裡太空艙封閉整個連結的推進室，將之完全拋卸，等於將某一小段的自己棄置漂流向無垠漆黑的太空。這是對的嗎？或是不對的？在我的「這個」時光宇宙，還沒長到繁複足夠巨大峽谷之前，那保存了某種年輕的我，對「未來」的設計草圖之童話性純粹。但被拋卸、遠去的那個截斷的一截手指般的漂流碎物（死去的我？），它在我全然無知的狀態，繼續像氣泡那樣自給自足的在時光中流浪。那一小部分的我，是不是持續等速於「這個我」一樣的老去，或是另一種時光流速？它沒經歷「這個我」後來經驗的一切，普魯斯特式的流水年華，所以我完全無知它會長成一個什麼樣的樣態？或是到底那當時被我內心祕密處決、切除的人，在他（或她）似乎從此和我無關的人生繼續演變中，會不會其實長成一個許多年後讓我心動、憾悔，超出想像美麗的靈魂小宇宙。

那於我就是我的「薛丁格的貓」，我當然是那個箱子外，困於「不揭開蓋子便有無限可能」，但「一揭開蓋子則所有可能瞬間量子塌縮，不是一隻死貓，就是一隻活貓」的無法伸出手的想像者。似乎真相只能是曼楨悲切說的「世鈞，我們回不去了」——「回不去」的痛感意味著你說的，物理學上我們確實只能感受到這一義的宇宙，理論上我們知道有無數的繁花多元宇宙，在每一個瞬間綻放或枯萎。但我們只能活在這個選擇了並感受的維度裡，如果在二十年前的某個歧岔出去的，另一個可能宇宙，我沒切掉那時讓我痛苦、羞辱、震怒的某甲、某乙、某丙，而是在另一種調光黯影的方式，和某丁上了床，甚至結婚，或我沒有狂追現在的妻子，所以現在仍孤家寡人。那進入到我內心感受（像鯨魚的濾鬚）的流動的時光，我會在不同序列的某個時間點有不同的體悟，所以會寫出和現在完全不同名字和內容的小說（或那個我其實沒寫小說了？），但那是怎麼樣的狀態？對於我就是一隻隻「死貓」，小說的祕術可能可以讓這些時光膜之外的貓屍解凍，栩栩如生（還是你的詞）的站起，伸懶腰，喵叫兩聲，出現體溫和心跳，跳進牠的活著的光霧裡。

我曾在廣州白雲機場遇到一個詐騙我的老人，他的相貌、笑容、聲腔和我死去十年的父親一個模樣。那使我胡思亂想某一次元的這機場，其實是許多我們死去、思念的親人，他們繼續旅行、轉機的一個結界。或我曾在網路搜尋我小學六年級最好朋友的名字，發覺這人像神隱在世界消失，不存在一筆資料，但有一篇奇怪的博客文章，作者是大一學生，描述他和小學好友簡碩儀（就是我搜尋不到的當年好友名字）相約去參加當年的「育才小學」的幾十年校慶。那就是我當年念的小學，他描述那小小的校園，經過走廊看見教室裡那麼小的課桌椅，他們還非常無聊在操場以二十歲大學生的身高去灌小學籃框，還遇見某某老師、某某主任云云。我覺得這篇文章簡直像是以我的視覺觀點寫的，不，是二十歲的我寫的，但我今年四十七歲，二十七年前莫說我根本不會打字、用電腦，當時也沒網路這種東西吧？而且我從小學畢業後就沒再見到簡碩儀這個人了，也沒再回去過那間小學校園，這時對我發生了一種時光齒輪的鬆脫，有一個我不認識的二十歲大學生，寫文章的廢柴氣質跟我非常像，在頂多這十年內的某一天，記下這段在我二十歲沒發生過的，但很像應發生過的「和簡碩儀回小學母校之行」，這文章像孤獨在網

路海洋漂流的一段記憶碼，直到有一天被我看到，看到的同時，卻對「現在這個我」的時光唯一合法性產生的動搖、重影。

說到這裡，我腦海裡已浮現期待，想聽你說說「火車」，那個切割、恍惚在某個流光中的某件「天工開物」，某個你坐在裡面，夢境中的陌生人們，我們那個年代的對號座位，坐下、起身離開。它穿行過什麼？存在於什麼？或其實又或什麼都沒有。

肥

談談「火車」

在那異國的時空交接點上，素來內向封閉的我竟然完全變換了一種性格，好像遇上了另一個可能的自己。

董啓章

肥：

當你提出談談「火車」，我心想：真是正中要害。我兒子是個火車迷，而他的迷法不是一般的。不過，這個我們之前談過，就不重複了。我倒想說說，火車在我自己的經驗中是怎麼一回事。

「火車」是個不合時宜的名稱，殘留著蒸汽引擎時代的老舊聯想。也許更為貼切的稱呼是鐵道。今天大部分的火車其實都是電車，但我們還是習慣地把往來城市與城市之間的鐵道運輸叫作「火車」，而把市內的鐵道叫作電鐵、地鐵、捷運或其他。總之，火車是帶你離開所在的城市，跨越你熟悉的範圍的一種交通工具。可是火車不像遠洋船隻那樣充滿冒險精神。與迎向茫茫大海的船相比，火車的軌跡早已固定，路線完全可以預期，連到站的時刻也經過預先編排，而且循環往復，極為規律化。所以，照理說，火車應該是最缺乏想像力的交通工具。火車的設計把出現突發事故的可能性減到最低。話雖如此，火車在不同的文化想像裡卻依然令人浮想聯翩，那又是為什麼呢？

我猶記得二十四歲第一次去歐洲旅行時坐火車的經歷。因為是單獨上路，沒有同行者作伴，反而增加了和陌生人交接的機會。歐洲包廂式的長途火車很容易令乘客打破隔膜。從羅馬到阿姆斯特丹的一程夜行火車上，同車廂的有三個義大利男孩，一個義大利女孩和一個自稱伊朗人的荷蘭籍年輕男人。三個男孩自成一夥，我則與那個女孩用英語攀談起來，以我淺薄的歐洲文學知識，從卡夫卡開始談到卡爾維諾。大家一見如故（但沒有一見鍾情），到天亮時竟已發展到共飲一瓶乳酪的友好程度（因我當時是素食者，而女孩剛巧也是）。我不記得自己什麼時候又跟那個伊朗男子聊了起來。他說他是異見分子，從伊朗逃亡出來，得到荷蘭的政治庇護，在阿姆斯特丹定居並修讀法律。當時非常天真的我，對他猶如電影情節的經歷深信不疑。到了總站下車的時候，我竟然毫不猶豫地答應男子的邀請，到他家裡去留宿（如果對方換了是義大利女孩……）。一天後我全身而退，沒有遭遇不測，還享受了對方殷勤的晚飯招待。後來回想，才覺得自己似乎有點太魯莽。

其實那也算不上是什麼奇遇，但卻是火車給我的深刻回憶之一。在那異國的時空交接點上，素來內向封閉的我竟然完全變換了一種性格，好像遇上了另一個可能的自己。是因為運行有序的火車帶給人的安全感，令人放鬆警戒，彼此坦誠相待嗎？從某定義來說，那是我第一次坐火車，第一次踏上那時空交接點。從前在老家坐的火車根本就算不上是火車。那時候我才體會到，縱橫交錯的路線圖，精準繁複的時刻表，是火車這種時空交通工具的最優美表達。坐上火車，感覺是進入一趟時空旅行。你要去的不單是一個物理上的目的地，而是存在於不同的次元中的不同可能性。那一程夜行火車上的我，很可能是世界上的另一個我，又或者，經歷了那一程夜車，我已經變成了另一個我。

然後我想起，埋藏於記憶深處的關於火車的原初經驗——那通往一夜星空的銀河鐵道。小時候斷斷續續、破破碎碎、猶未有清晰的意識和記憶的動畫印象——傳統的黑色蒸汽發動的999號列車，矮小如地精的車長，勇敢而善良的男孩鐵男，一頭及腰金髮一身修長黑衣頭戴俄式絨帽的美達露……尖削的臉上無比憂傷的眼神……對完美機械身體的永恆追逐和追悔……我曾以為，肢體和五官皆嚴重不合比例的美達露比現實世界任何女子都美，而呈反向不合比例的鐵男卻又一點不醜。在銀河鐵道的世界裡，火車的一切局限和約束，都變成了無限的可能。

但那是孩子時的我的夢想了。今天，如果銀河鐵路還可能的話，我期望我兒子能擁有鐵男的美德，並且能遇到他人生中的美達露，美麗如女神一樣的守護者。

瘦

一個共同被困在這段「不存在時光之夢境」裏，最現代主義的經驗。

駱以軍

瘦：

真好，真美。這個題目真的是為你設的，覺得你可以談十次「火車」，每篇都不同，不，覺得你應可寫本書，就叫「火車」。很妙的是，覺得你應該是〈命運交織的火車〉裡那個沉默靠著車窗的宅男，結果卻在這譬如宮崎駿《神隱少女》其中一段，少女千尋帶著無臉男，登上茫茫大海上孤獨鐵軌上那列電車，車廂中列坐著的全是像爵士樂黑人靈魂樂手，那樣悲傷沉默的夢遊影子。我以為這是我們這代人對曾經在火車車廂中，窗外被枕木咯登咯登切成斑馬紋光影，一種看了（這卡通的這一段）會無來由流淚的異鄉人，被「天工開物」（你的詞）的金屬怪獸嗚嗚無可抵抗的塞在陌生群體中，送往不可知的「地表的另一端」，甚至你提到的「銀河鐵道」，結果你寫出那麼溫暖而人類友愛的一段文字。

在台灣，我這一代的應有較豐富的鐵道、火車、火車站或月台經驗。當我想到「火車」，或許我想到的是那灰濛濛年代，跟著高大的父親站在那長條水泥月台，像河岸上看著下面那應是河流，結果卻是對我的世界永遠陌

生，規格大許多的鐵軌、枕木和無數的碎石。那些停泊在另一端月台的藍漆鐵怪獸，底部的鐵輪子群和機械年代印象的錯雜細鐵管、閥臂。那年代在火車站總會有兩個一組，直挺挺行走的憲兵，走路靴底的鐵皮踩在磨石地磚上發出啪啪聲響，他們總在盤查那些相較下狼狽些，或矮小些，穿較不堂皇軍裝揹草綠背包的小兵。

我感覺那裡充滿各種氣味，像繁花之瓣，小販、詐騙者、兩眼無神的離家少女、找情郎的南部女孩、像我父親這樣的外省人、抽著菸提〇〇七手提箱到小鎮推銷藥品的男子、帶著雞籠的農民，那和我平日熟悉的永和小鎮，像懸浮比較多品種細菌或氣味的一個陰陽境界，那其實是那個年代，這個南島封閉的鐵道腔腸裡的說不出憂鬱的移動。很奇怪的，一直到我青少年時逃家或搭火車往南部找同學，或很短暫當兵後來退訓搭火車南下高雄，那記憶都是我坐在車窗邊的座位，身旁坐著另一個夢中幻影，我永遠看不見他們的臉（因為靦腆），男人、女人、老人，分不清年齡的瘦削的可能穿著老式西服的「大人」，我感覺和他們一起坐在這塵世浮光，窗外喀啦喀啦朝後流逝的，我瞪著看卻無聲播放的蠟筆畫般憂傷的田野：小小的樹，小小的公路上跟我無關的小車子或頭髮逆風飛的摩托車男子載著女子，小小的農舍，如浪的稻穗海洋，像死後或投胎前看到的視覺……

後來讀了川端的《雪鄉》，一開頭就被那收攝我記憶的描寫征服了——

「黃昏的景色在鏡後移動著。也就是說，鏡面映現的虛像與鏡後的實物好像電影裡的疊影一樣在晃動。出場人物和背景沒有任何聯繫。而且人物是一種透明的幻象，景物則是在夜靄中的朦朧暗流，兩者消融在一起，描繪出一個超脫人世的象徵的世界。特別是當山野裡的篝火映照在姑娘的臉上時，那種無法形容的美，使島村的心都幾乎為之顫動。

在遙遠的山巔上空，還淡淡地殘留著晚霞的餘暉。透過車窗玻璃看見的景物輪廓，退到遠方，卻沒有消逝，但已經黯然失色了。儘管火車繼續往前奔馳，在他看來，山野那平凡的姿態愈是顯得更加平凡了……。只有身影映在窗玻璃上的部分，遮住了窗外的暮景，然而，景色卻在姑娘的輪廓周圍不斷地移動，使人覺得姑娘的臉也像是透明的。是不是真的透明呢？這是一種錯覺。因為從姑娘面影後面不停地掠過的暮景，彷彿是從她臉的前面流

過。定睛一看，卻又撲朔迷離。車廂裡也不太明亮。窗玻璃上的映像不像真的鏡子那樣清晰了。」

這對我的文學啟蒙，那麼精準強大，似乎教會我怎麼「越過一片朝後飛逝的曠野，眼球的內弧卻疊印上不可能的透明的最激切絕望的美，同時映照上是自己的那張滑稽無恥的中年男子的臉」，火車對我，於是是比電影院還要窩在那陌生群體之中，可以用眼角偷瞥前面後面的人，彷彿有時間或曰光陰在流動，是一個共同被困在這段「不存在時光之夢境」裡，最現代主義的經驗。

如果幹下那種事的是自己的孩子

「爲什麼」這件事就耗盡了我啓動小說的「同情和理解」，「爲什麼會失去人類的文明臉貌？」真的，我從未想過「如果是我的孩子犯下那樣的……」一直到你提出這個問題。

駱以軍

瘦：

這個題目何其悲傷，我想到托塔天王李靖，當他兒子犯下天條殺了龍王，他是要擎起神兵，將那犯天條的兒子擊斃，所以才有哪吒刮骨還父、剜肉還母——「人間身分的放棄」。其實我青少年時跟一群「壞朋友」鬼混，有次捲入一勒索事件，主要是對那時我的理解，我們勒索的那傢伙是個非常壞、欺善怕惡的爛咖。但這事被教官查到了，對方的父親是那年代，人事行政局的高官，來我們學校時擺著陣仗，我們學校總務主任、人事主任、教務主任排成一排恭敬迎接。這事讓我父親覺得非常羞恥，他讓我跪在祖先牌位前，說「我們駱家沒有你這個後代」，他一個月不和我說話，視而不見，等同斷絕父子關係。對他而言，打架、被學校退學，這些都是混帳事，他可以揍我，處罰的儀式後他可以原諒我，問題是「勒索」這麼可恥的行為（我哥們且把錢花了），那讓我父親無法在他相信、實踐的儒教義理價值，找到可以迴旋變幻、辯說的任何形式。那就是實實在在的惡，所以他的處置方式，是某個切面的托塔天王，「當我沒生你這孩子」。那在我青春期的印象是，我被「人間失格」了，那樣的我像哪吒一樣，父給予的「道德肉身」在這個層次上被收回了。

如果要藉蓮蓬、荷葉、荷花為「新的道德存有」，我想或許二十出頭時，那時的杜斯妥也夫斯基、福克納、三島，「惡」的繁花是那樣進入我的體內，我一直沒想像過「如果我的孩子，犯下了那樣的罪？」很長的時間，我想的是「我犯下了那樣的罪？」譬如柯慈的《屈辱》，我（或我身後延伸向我不知的歷史）掉進了那麼難解、無從解的「罪的深井」，社會化的、鋪天蓋地的法律、道德、人群語境，都宣判你進入一「不再有渥茲華茲浪漫主義之美的光焰」，一個極窄的恥辱的世界。事實上，他被迫扔進一個「用教授的權勢強姦女學生的無從辯解的恥辱狀態」，像一尾小丑魚被海葵的千萬觸鬚捉住，要到灰白死去為止。一如傅柯說的中世紀那些監獄或瘋人院，他們一生犯下那光怪陸離的惡行，像夢遊者、無人間語言能解釋的殺父母親人、連續殺人，最後，留在檔案裡的關於這人的一生綜觀，短短的記錄「像一行詩」。

鄭捷的地鐵無差別殺人事件後，台灣有人在文章提及卡繆的《異鄉人》，那是什麼？如果用小說，幾乎已去過人類各式各樣「惡之地窖」的小說，我們大腦裡的觸鬚去想像、趨近理解，為什麼會作下這樣的惡？將別人的頭砍下，在公車上集體輪暴一個女孩，《CSI》或馬修‧史卡德的城市裡各式各樣殺人的行為、動機；文革時為什麼他們會匿身進一瘋狂的群體，旁觀著或加入對某個落單者的施暴，把自己獨立思考的獨特性完全繳械；「為什麼」這件事就耗盡了我啟動小說的「同情和理解」，「為什麼會失去人類的文明臉貌？」真的，我從未想過「如果是我的孩子犯下那樣的……」一直到你提出這個問題，我心中暗想「啊！你是比我進化的心靈」，也許我在「父親」的角色上，始終和鄭捷的父親，或那些殺人犯的父親，那些惡人的父親一樣，除非惡的黑盒子被撬開了，否則你永遠童話的相信你的孩子是那個柔軟的天使，是那個害羞的小孩，如那些法庭上的證詞「他是個很乖的孩子」。

「如果……」這個提問悲傷到無以復加，我試著想像我可能會有的兩種反應：

一、像我父親，像托塔天王，那個惡的黑洞，讓父親安身立命於這個道德網絡的自我想像位置徹底崩毀。「我沒有你這個兒子」「懇請法官判處他極刑」，社會身分的「法律規定的賠償」，或親手殺了他。

二、「我永不放棄你」「我不知道為何你會變成怪物？但我會陪伴你」，也許我會自殺，但不是為謝罪，而是對那樣的倫理難題無從解。

好像分裂成兩個行動的選項，但其實是同一個「人間多出的格（而非失格）」，即「寫小說的人」和「父親」的相同與相悖。我們孵育一個小說時，讓它在我們內視的倫理全景子宮裡漂浮，長出基因數超出人類所需的，它的毛髮、皮膚、心臟、眼珠、血管，它必須「活在」那脫離我們後，自為的宇宙（否則就是失敗的小說），每一被翻開，它就活一次，全面啟動那我們已不在了的時光，即使它缺心少肺，面孔模糊，它都帶著對這世界的悖德性——質疑並且挑釁。

然而，當我們「生出」兒子，並逐漸發覺我們被收進他們的時光，我們被（像被收進金角大王的法寶兜囊）收進他們的世界，我們變成比較像讀者，而非創造者，我們擁有的知識、道德想像力、情感的調度，就像一個讀者那樣卑微可憐。那個擔憂、不能承受「他將犯下的……」對我們的痛擊、

撕碎，他逐漸長大，置身其中的這個世界，有一天將判定他是個怎樣的人的這個巨大維度子宮，不見得比那個他、可能是怪物的他，更美好和諧，在美德的種子與惡的種子的秤盤上，更往讓我們鬆口氣的那端傾斜。

肥

事實上他們已經喪失了說話的資格，就算是如何道歉也會被指責爲虛僞作態，但他們又同時失去了保持沉默的權利，因而不得不公開道歉甚至是悔過。

董啓章

肥：

這個題目我遲疑了很久，不肯定要不要寫。特別是早前不久台灣捷運發生的事，震驚和傷痛猶在，實難以抽離地談論。這是個一直令我感到困擾的問題。我是在成為父親之後，才對這類事件變得特別敏感。每次發生諸如美國校園槍擊案之類的事件，從父親的角度而言，我都會不期然想：究竟是受害者的父母痛苦些，還是施害者的父母痛苦些？而從寫小說的角度看，作為一種人物代入的方式，最難想像的不是那些無辜受害者的狀況，或者他們的家屬的心情，也不是那些性格孤僻、沉迷暴力的年輕犯人的動機，而是施害者的父母的感受。

孩子幹下了那種事，他的父母即被封鎖在深深的無言之中。無辜受害者以及他們的親屬令人深感同情，而他們的傷痛是人類自古以來就存在的遭逢厄運的傷痛，在文學或一般語言運用上（甚或只是聲音上的哭喊或嗟嘆），也可以得到雖非充分但卻恰當的表達或釋放。但是，身為父母，自己的孩子幹下了那樣可怕的事情，內心的痛苦卻是人類現有的語言所無法表達的。事實上他們已經喪失了說話的資格，就算是如何道歉也會被指責為虛偽作態，但他們又同時失去了保持沉默的權利，因而不得不公開道歉甚至是悔過。犯事者的父母同樣遭逢無法控制的厄運，但卻不能以受害者自居，而無可避免地要扮演施害者的角色，與孩子共同負上罪咎，甚至會被認為應該比孩子負上更大的責任——父母變成了事件的原罪犯。

這並不是遷怒於父母這麼簡單，而是我們的社會相信，孩子完全是父母教養的塑成品。孩子品質或行為的好壞，完全取決於父母有沒有履行應有的責任，以及懂不懂運用正確的方法。個人的塑成的其他因素，諸如社會、教育、文化、天生的性格、心理障礙或無法預測的偶然性，都不在考慮之列。至少，在這種非常態的慘劇發生之後，所有可能的理解（更不要說同情）都被強烈的悲憤所排除，而全力導向責任之追究。而矛頭指向犯事者本身是不夠的，因為犯事者的年輕意味著他無法承擔那巨大惡行的重量，又或者他微小薄弱的身影（這種犯人往往並不是人們眼中的強者而是弱者）跟他所犯下的滔天大罪完全不成比例，致使那剩餘的部分不得不落在他的父母或教養者身上。

日本當代思想家柄谷行人在《倫理21》中談到，日本父母為子女犯錯而承擔責任的情況非常普遍。他舉出七〇年代初的連合赤軍事件為例，指出參與其中的青年的父母為此承受了社會的強烈指責，而不得不為孩子的行為公開道歉，承受失去工作或者無法正常生活的懲罰，甚至有父親為此而自殺身亡。柄谷對於所謂「世間」對父母們施加的壓力痛加批判，視之為扭曲的倫理表現，而對父母們的道歉和自殘則感到憤怒。他認為就倫理上說，青年期以上的人應該被視為獨立的個體，而要對自己的行為負上全責。父母屈從於公眾壓力代孩子認錯，本身就是對人的個體獨立性的放棄甚或是不尊重。

父母責任的問題是爭議性的，我們很難在這裡說清楚。我只是覺得，在每一次發生這樣的悲劇的時候，社會上大部分也身為父母的人們，也許可以嘗試易地而處，思索一下「如果是我的孩子幹下了那種事情」這樣的一個可能性。「父母要對子女的教養盡責任」和「父母要對子女的行為負責任」，兩者並不是完全相同的事情，甚至可以說有極大的差異。前者的主動性在父母的一方，只是意願和方法的差別；後者卻不但不完全在父母的控制範圍以內，甚至可以說是完全在此以外。盡責任的父母的孩子出現差錯，並不是不可理解的事情。而要免除於這樣的不幸的可能性，唯一的做法就

是不要成為父母。而我聽過的最悲哀的故事莫過於，患有過動症而天生有嚴重暴力傾向的孩子的父親，為了阻止日漸長大而力氣漸壯的兒子有一天犯下害人的暴行，橫心把兒子殺死然後自殺。天下父母心，這最最可憐。

瘦

小說作為入魔之境

「那個神離開的時刻，是發生什麼事了？」

駱以軍

瘦：

柯慈的《伊莉莎白・卡斯特洛》中，這個他偽造出來的老去的女小說家，在不同的國際研討會談小說，或小說家可能觸及的「道德」困境；或說，小說家如何在這個塞爆了經驗、感官、新聞（每天每則像大海中漩流的小氣泡、蜉蝣生物的「事件」中的人類形狀：戰爭、仍以十萬計的種族屠殺、獨裁、強國對弱國的侵略、怪異的殺人、明星的吸毒或性醜聞、政客的倒退回原始部落之野蠻化、末日病毒、墜機、地震）的世界思索。

很怪，她（柯慈偽造的這個澳洲老女人）都是在不同的國際文學碼頭發表不同主題的演說，「動物的生命」、「非洲」、「性愛」、「基督教或希臘的人文主義」、「美」。但有趣的是，這篇小說，卻是在寫這些演說的現場或幕後，這個年老的女小說家，如何疲憊、沮喪的在旅館、機場、研討會後的晚宴，演說前一晚準備的焦慮，在那樣的研討會遇見的故人，或其他的（赫赫有名）作家之間的紅樓夢式觀察（在這樣的場合，這些創作者顯露出來的社交焦慮，或客套言不及義，一種演員在後台的「卸下角色」之庸俗印象，人群焦慮之孤獨感〉。她在寫出的小說，或透過這些小說所累積的道德發言資產，而有限選題的「文學的」發言演說稿後面，她自己面對的真實人生的困境：兒子，老姊姊，從前一夕之歡的老情人，在年輕人之間變成老怪咖的發言，身體對這樣的國際學術碼頭的超現實演說夢遊的疲憊。

其中有一章講到〈邪惡〉。在一場研討會中，她發言痛斥了一位英國小說家作品〈凡・史特芬鮑公爵的終極時刻〉，這小說「在陰鬱淒慘的氣氛下，描述一個卑劣的人是如何墮落」，描寫希特勒的劊子手手下，如何在那些死刑室，殺那些臨死前失去人類尊嚴、啜泣、失禁卻又乖順的老猶太人。她的觀點是「那個地下室裡發生的邪惡不該被釋放出來」，「某些悲慘的時刻，只屬於他們自己，不是我們可以闖入並且擁有的」。但這章小說（別忘了它是柯慈的小說，發表這個觀點的女小說家只是他的虛構人物）寫到，她竟就在這場文學研討會上，遇見那位她痛批其作品「不該釋放出邪惡」的小說家，她在上台前走去向他致意（等會我要痛批你了，但我不知你會出現在這會議上），或她之後在台上念著那展開道德沉思的講稿時，那小說家也坐在下面觀眾席，但他的形象始終是沉默、不回應她，像雕像一樣頑固。

有一段她的話「這種說故事的行業，其中之一，就像一瓶封住精靈的瓶子，當說書人打開瓶口，要想再命令精靈回瓶裡，那可得大費周章了。她的立場，在她遲暮之年的這個立場，最好還是讓精靈留在瓶裡」。我相信這不是柯慈對「小說的道德性」的看法（想想他的《昏暗之地》、《屈辱》），甚至我猜想，那個沉默的、始終不回答老太太的「小說道德性」質問的「邪惡小說家」，有幾分他自畫像的揶揄成分。但這也不是重點，因為他和她可能並不是站在小說道德的對立面，他們同樣被那「看見了，但有沒有資格將之召喚出來」的二十世紀之後才出現的「邪惡」給驚駭魘住了。老太太承認，她在閱讀到那些地下室裡邪惡殺人的段落時，「電流也竄過她的脊椎，撒旦也進入她裡面」。

如你這次的題目「小說作為入魔之境」，它其實牽涉著各世代創作者，他們背後那迂迴宛轉、哀傷共感的抒情，追憶似水年華，是他們那同代人的文明脆弱建築，被摧毀、捏碎。只有他們調度近似的路徑，才以不同面相對那「邪惡」不安，並痛苦。當他和她都是垂暮老人時（阿里薩和費爾米娜？），他們想描述，再現「小說的釉燒窯時刻」，絕不是新聞紙上朝花夕拾的「怪異邪惡」，而其實是逼迫他們各自動員小說的細瑣支架、心靈藤鬚、他內在的微物之神，如何被召喚、祭起，像奈米蟲，從任何可能的幻現即逝的路徑包圍、飛行、閃進「那個神離開的時刻，是發生什麼事了？」為什麼會在擠滿人的地下鐵列車施放沙林毒氣，大屠殺那些無仇、不識、無辜的男女老幼，無感的殺掉摯愛的父母，或像日本有一陣，年輕人無意義的在公園「獵殺」那些無冤無仇的流浪漢老人？

我還是相信，那是一種小說藤蔓忍術，往原本「鎖在玻璃瓶裡」的古典經驗或猶是極窄扁的「神掌控的禁區」交涉，抵達之謎的上路、轉車，或步行。像《借物少女》偷到人世的可知覺、理解、想像之境，但大江的《換取的孩子》又提醒我們，很可能我們在這樣巴別塔式的鋪天蓋地的「資本主義大峽谷繁殖經驗」過程，地底的小妖精會來用冰雕嬰孩偷換走我們最珍貴、柔軟的核心之物。我們偷了滿手的「神的造物術」，可能全是贗品，一陣煙只是破銅爛鐵、黑稠之物，譬如華嚴宗，他們的修行想像是「趨近佛，用佛會怎麼在西方極樂的狀態、心理活動、感覺，那樣活在擬態的活在這個人世」。然天台，則長出了一塊共時的不垢不淨，垂直貫穿重疊的「現世穢土」（疊加態宇宙？），妓女、癩子、赤貧之人、惡徒。我想，你說的「如果是我的孩子犯下那樣的罪行」，對我而言是那麼艱難的小說修行，正就是，一日長出「另一個」體系（父的，因長時間的積累而錯綜複雜的魚頭腔骨般的道德體驗），要將那個「作了邪惡之事的孩子」在小說上，而非僅世間道義層面的，環抱、包覆起來。或我說反了，它恰是為何「人世」這個詞總還是大於「小說」，那樣的面對「倫理」踩出的新生的第一步嘗試，環抱、包覆起來。

肥

那位母親卻看到了襲擊者的真面目，並且喊出了：

爲什麼？媽媽是如此的愛你！

董啓章

肥：

把小說視為入魔之境，作為你的寫作方法，也許不完全是有意識或能自主的選擇，但卻成為你已經確定下來的小說家的任務。你以極大的同情和悲憫之心，如地藏菩薩之親入地獄，代入種種假、惡、醜的形相之中，體會其戰慄人心的邪惡和災難，其終極的目標，卻依然是挖掘那始終不移不滅的本然的真、善、美。我們上次談到的，種種難以理解的殘酷而暴戾的魔境，出之以我們以為還是純真無邪的青年，在沒有明顯或強烈動機下的無差別殺虐，對我們以想像為業的寫小說的人來說，是何其嚴峻的考驗。而加上我們身為父親的角色，問題就不僅是個體行為或心理的單獨現象，也不能抽象地以社會或倫理來加以分析，而變成了具有切膚之痛的極為實在的血肉關係了。

但凡聽聞類似的事故，只要設想「如果是自己的孩子⋯⋯」這樣的問句，就必然會出現無以名狀的內心抽痛和恐慌。作為受害者固然如此，作為加害者卻更加可怕。但那是為什麼呢？柄谷行人所批判的要求父母代子女認罪和負責的文化固然有其倫理的扭曲，然而所謂成長的孩子作為一個獨立道德個體之說，在事理上雖然成立，但在因果的觀點來看，作為果的孩子的行為怎樣說也不能和作為因的父母完全斷絕關係。而單單就這一點，父母就注定無法置身事外。就算就倫理而言父母不應為孩子的行為負責和道歉，但就親子的因果相依的關係而言，卻無法不感到就像是自己親手犯下罪行一樣，而對世界產生負疚之情。如果在這樣的衝擊之下依然能夠維持自己的身心的完整性，那一定需要超乎尋常的正見和定力，或者是極大的慈悲心，而不是任何正確的道德觀念。

然而，還有比上面的情景更難理解的狀況。最近香港就接連出現了兩個事例——孩子所殺的不是他人，而是自己的父母，而這不是在盛怒或情緒失控的情況下做出，而是與友人有預謀的行事。在兩個事件中，父母和孩子間不但沒有深仇大恨或重大的嫌隙，甚至可以說是（曾經？）和諧而不乏關愛的。其中一案出現「反哪吒」一式的剜父母之肉、刮父母之骨的碎屍行為，致使陪審團因無法忍受當中駭人的意念（而不單是噁心的證供）而集體請辭。像這樣的事情，並不是被告的心理異常可以解釋。而如果同情和代入的能力是寫小說的其中一種不可或缺的稟賦，如此這般的故事肯定會難倒不少富有經驗和才能的小說家（率爾炒作聳人聽聞的題材卻似乎是電影界的常態）。道德感是其中一項因素（會否對涉事者做出二度傷害？自己能否拿捏得當而免於譁眾取寵？或者如此違背倫理的題材根本不應加以言說？），但我相信更重要的是，事情遠遠超出常人的想像。

在上述的其中一案裡，弒父者事後供稱自己患有性格分裂，曾在網路對話群組裡開設多個不同名稱的戶口，扮演不同的人物互相對話，於其間就「有人」提出殺死父母。也即是說，決定並幹下那樣的事情的，可能是「另一個」自己。這樣的特異精神狀態，跟我常常津津樂道的、一身分為七十二人的多面詩人費南多·佩索亞何其相似？而對每一個寫小說的人而言，特別是那些信奉多聲道複調思想和人物對等自主性的作者，哪一部作品不是自我分裂和各個扮演的結果？可是，縱使慣於動用如此的稟賦和能力，我相信沒有幾個小說家敢於認為，自己能理解並同情那個弒父者，而更加沒有一個有資格宣稱，自己能夠設想被殺的父母的感受。小說在這特設的考驗上，很可能沒法過關。因為這並不是普通的邪惡（與暴力程度無關），而是歪離了語言根本的理性和詩意的、無可名狀的事物。對於這樣的「悲劇」（原義，非通俗義），相信

感於命運播弄的希臘人都無法處理。而如果有小說家或劇作家想觸碰它，他一入魔的準備——就算他抵得住魔障的攻擊或迷亂，他也很可能禁不住心碎。

那位在漆黑的睡夢中遇襲的父親，當時還高聲呼叫兒子的名字求救，而那位母親卻看到了襲擊者的真面目，並且喊出了：為什麼？媽媽是如此的愛你！

關於原諒這件事

廣義來說，一切罪惡首先冒犯的就是神，所以神亦是那位終極的寬恕者。

董啓章

肥：

小時候因為宗教信仰的關係，常常覺得自己罪孽深重，幾乎隔天就去辦告解。那大概是初中的時光吧，成長期的腦袋中滿是胡思亂想，然後就惱恨自己，覺得自己很壞，很汙穢，必須第一時間洗滌乾淨。情形有點類似精神上的潔癖。但愈是潔癖，腦袋就愈是藏汙納垢，生出種種惡之花朵。唯一的解脫方法，就是尋找寬恕。但因為全部罪孽都在腦子裡發生，根本就沒有冒犯任何人，於是也沒有可以向其尋求原諒的對象。而廣義來說，一切罪惡首先冒犯的就是神，所以神亦是那位終極的寬恕者。於是我總提早出門，在徒步上學的途中，跑進教堂去告解，就像人每晚都得洗澡一樣。告解亭中間那張藤網形同虛設，隔壁那位老神父面對這位「常客」（或「慣犯」），不失慈愛但也有點公式化地訓誡幾句，便批出諸如念三遍《天主經》或《聖母經》之類的輕鬆的贖罪功課。從教堂出來，我猶如一個全新的人一樣，迎向全新的一天，並且注定在晚間來臨的時候，再次陷入罪惡的泥淖中，苦苦等待著另一次告解的機會。

《天主經》是這樣教導我們的：「求祢寬恕我們的罪過，如同我們寬恕別人一樣。」我總覺得這兩個句子的次序倒轉了：不是我們應該去寬恕別人，「如同」神寬恕我們一樣嗎？祈求神的原諒是容易的，因為神是那麼的寬容和強大，無論如何邪惡的人也無法傷到祂的一根毛髮，只要是真心悔改就可以。這說明了一個事實：只有精神上非常強大者才能原諒。如果我們冒犯或傷害的是跟我們一樣的凡夫，對方不願或不能原諒，是一點也不稀奇的。我並不特別做到原諒他人，我最多做到忘記別人的過錯。的確，隨著時間的過去，遺忘比原諒發揮更大的作用。又或者，遺忘也是一種形式的原諒，因為能夠放下就代表已經沒有仇恨，代表已經原諒。但是，對犯錯的人來說，如果得不到對方直接的原諒，罪惡感和悔疚感將會如影隨形般永不滅去。另一方面，如果冒犯者完全沒有悔意，受害一方的原諒也會變得一廂情願，完全沒有意義。所以，原諒這回事，必須是雙方共同達成的。

阿倫特（另譯為漢娜・鄂蘭）關於原諒的觀點很有意思。她並不是從宗教的愛出發，也不是從道德的善出發，去理解原諒這件事。她是從政治的角度，即是人的公共關係的角度，去看原諒。她認為原諒與人類行動的本質密不可分。行動的兩大特性是「不可預測性」和「不可逆轉性」，即是人一旦採取行動，無論目標是如何清晰、準備是如何充分，也必然陷入偶然性的局面，而且一個行動會自動引發無數的一連串的行動。在「時間」這個因素之下，我們既沒法對將來有任何把握，也不能推翻已經發生的過去。於是我們便被困於不確定性（未來）和確定性（過去）之間，踟躕不前，無法動彈。要面對行動的不可預測性，阿倫特提出了「承諾」（promise），而對於不可逆轉性，她則提出「原諒」（forgiveness）。只有原諒才能解開人與人之間因為傷害和冒犯而產生的仇恨死結，斬斷冤冤相報的惡性循環，釋除那不能推翻和逆轉的時間魔咒。不過，阿倫特也承認，極端的惡是無法原諒的，例如納粹大屠殺，因為這種罪行已經完全超出了人類道德的範疇。原諒是在人類道德關係之下才能發生效用的。

我有點奇怪佛教好像不怎麼談寬恕。作惡的人自有因果報應，當中的受害者似乎沒有很重要的角色。善業和證悟也只是自己修行的成果，不依賴任何他者的寬恕和釋放。佛前生作為忍辱仙人，被充滿瞋恨的哥利王肢解，以大神通還原身體後，哥利王即拜服於仙人之下，當中也沒有涉及悔過和原諒的過程。這跟耶穌在十字架上祈求天父寬恕羞辱他的人何其不同。佛教也沒有告解的儀式，所謂報應雖然和贖罪相似，但一則不是由於虧欠別人，二則不是為了求取寬恕，而完全是業力和功德的收支平衡。所以，佛教是自救，基督教是他救。如果沒有那個寬恕一切的大神，那就唯有自己變大。摩訶薩埵，大菩薩，大覺有情，大心。心大到一個程度，也許就無有傷害和受傷，也沒有原諒和不原諒的分別了。

瘦

也許最悲哀的是，從沒有所謂原諒，而皆只是遺忘，如尼采所說的永劫回歸，「原諒」在這樣的時光流失意識裏灰飛煙滅。

駱以軍

瘦：

原諒這事牽涉到兩種不同的傷害感，一是加法，一是減法。

加法：被強加上「本來我的生命無須要的」——強暴、霸凌、肉體及精神上的暴力、冤獄、造謠毀譽。

減法：被奪走「本來我生命如此珍貴之物」——被背叛、欺騙、被遺棄、感情上「真的」時光投注，對方只在修辭或權力交涉的迴旋中，給予偽、或曾經真心，這時那「屬於我的」未經同意轉移到第三者。

這都是大哉難題。從戀人、從政府、從現代史、從商品、從服膺與不服膺的真理或道德，我發現要搜尋「原諒」這個人類感性的幅員邊際，發動與到達，竟像「小說」那般無比廣闊。因為它就是在編結著我們對「他感」的縱深、繁複、建築結構與柔軟度，能夠演算、推理、迴旋、飛行，在人性暗黑深海還能開啟探勘啟悟的潛水燈，照見那傷害情境的緣由；「為什麼要這樣傷害我？」天問，詰神，「上邪！」；基督問的「父！祢為何棄我而去？」；乃至你說的一幅宇宙描圖，中國人說的「知天命」，理解宇宙運行的無可理喻測不準，「天地不仁」心靈上與之和解。

但「原諒」一如小說，乃它總非哈伯望遠鏡視窗的星空圖，它常是私密個人內心，漫長時光中一再重播的「傷害劇場」，他必須一次一次將那傷害的形貌，像剝解一隻大象的皮、骨架、內臟、齒、皺紋、長鼻或眼珠，剝解然後像蓋一座大教堂的建築結構圖，在內心重搭一次那隻大象的那麼艱難、精細、巨大標本，一次剝解、重組、再拆散、再一次，一次又一次，翻轉勘微它無法一次性的。我覺得這個過程，是「原諒」之前的空氣蛹，難以言喻，在傷害的細微琥珀時光中，找尋那個結構的最難處。然後，突然有天，豁然找到那個全面啟動的機括，用原諒重構了那個傷害，「我原諒你了」——像張愛玲那句「因為理解，所以慈悲」，所以原諒或是對「情感想像力」的，最接近小說家創造小說的一種實踐。我在許多個深夜，會魔入心竅，回想起某些昔時，曾受到的傷害，那些傷害有的簡直像鹽酸燒灼了原本美麗少女的臉龐。我每回想，那酸液便又一次從最微小的孔縫，滲流進我靈魂的各處關節。「為什麼可以讓別人承受這個？」那樣的怨念，像在痛苦之池上方搭蓋的金閣，在已有的痛苦的次元上，再搭上另一次元的，對這痛苦的亭台樓閣、飛簷鱗瓦，但天明後，它們就像曾在夜裡盛放的曇花，垂頸萎謝，什麼都沒留下。也許最悲哀的是，從沒有所謂原諒，而皆只是遺忘，如尼采所說的永劫回歸，「原諒」在這樣的時光流失意識裡灰飛煙滅。

但我寫到這裡，還是沒碰到你所說的那個，或許宗教意義上的「原諒」，或該說「寬恕」、「赦免」，一個超越的、高於這一切之上的神，只有祂可以挪借那分加害者對被害者不可逆的傷害，像一個雲端概念的，虛擬的遠超出人世全部傷害、怨恨，罪行總和的大水壩概念，無法進入每一細節的「傷害與時光」之天平換算，便設計了這個超級形上所指的，由神父口中誦念出的「赦免」（他又不像佛教，將人世歷歷感受，放進一霍金式宇宙動畫，十倍速快轉，或是倒帶）。於是那個「原諒」，進入到現代小說所展開的「情感教育」（譬如在葛林的小說、符傲思的小說、納博可夫的小說），那個暗黑深淵讓人著迷，那個大水壩被炸破之後，可能想測試、探勘，曾經被那樣「雲端大水壩」可允諾之「原諒」的高空位差，那個被瀑布灌下，超出你的靈魂充滿的幸福或激爽、哭泣、滌淨，是什麼感覺。我覺得他們是站在這樣的「不存在的，不會有人（等待果陀？）出現將那纏結的牌陣重

洗」，像文明的孤兒院裡的大男孩，反推，逆演算，用惡之華撲捉那「宇宙暗物質」般的「原諒」（它不存在，但它必然存在），一種「模仿神」（神面對這樣的慘不忍睹，祂會怎麼使用神會有的情感？）的演劇。

我曾在網路看到一則新聞（三立新聞記者謝姈君報導），關於伊朗一場公開執行的死刑，被害者的母親在最後一秒原諒殺子凶手，整個行刑過程突然喊卡，免除死刑，讓原本也快要失去兒子的死囚母親當場淚崩，跟被害者母親相擁而泣。我原文摘錄如下：

「當被害者家屬現身刑場時，面對殺子仇人，受害者的母親拿起麥克風，對圍觀群眾說，兒子死後，她宛如活在煉獄，她無法饒恕殺子凶手。依照伊斯蘭律法，被害人家屬可以『以牙還牙』對加害者實施死刑，但就在受害者母親應該移開凶手腳下的椅子，讓他被吊死時，卻出現戲劇性轉折，這名母親要了張椅子站在仇人面前用力甩他一巴掌，接著並將繩索鬆開，原諒了這名凶手。」

肥

坐在某個角落，無人知曉，觀察著人的那些祕密時光

除了必須注視他人的痛苦，還有自己無法施以援手的自責和內疚。

董啓章

肥：

你說你出這題，是因為想起我的短篇〈溜冰場上的北野武〉。對的，就是那樣的一篇旁觀者的小說。一個敘述者，坐在大型購物商場內的溜冰場的觀眾席上，冷眼注視著場內場外的眾生相。溜冰場猶如宇宙的縮影，敘述者以語言追蹤漫天星體的運行軌跡，一切仿似客觀的純然外物的浮動和撞擊，實際上卻環繞著一個黑洞一樣的隱形中心。這個中心，與其說是小說的敘述者，不如說是作者自身吧。我作為一個寫小說的人，一直在做的就是這樣的事吧！甚或是，我作為一個人，也一直就是這樣地生活著吧！躲在人群的邊緣，藏身在暗角裡，避開世界的目光，猶如不存在地旁觀著他人的歡樂或痛苦。

小說家格非有一篇非常詭奇的近作《隱身衣》，裡面其實沒有出現過所謂的隱身衣，只是謠傳一位已逝的神級音響發燒友擁有一件隱身衣。其實擁有並穿上隱身衣的，永遠是作者自己。隱身衣可以說是小說家的同義詞。就算是像你一樣，被認為是專門把生活中真實的自己寫進小說裡去的人，你同樣必須穿上這樣的一件隱身衣，把真實的自己隱藏，才能忍受把那其實是經過虛構的自己寫進小說裡去。如果沒有這件隱身衣，小說家必會裂皮碎身而亡。某種意義上說，我們都是隱形的旁觀者，甚至是旁觀著自己的人生，才能把自己的人生寫成小說。於是，我們變成了自己的陌生人。而那被隱去的、被保護著的所謂「真正的」自己，因為始終沒有也沒法被寫出來，於是也就等同不存在了。旁觀的結果是自隱，自隱的結果是自滅。我們能留下來的，最後就只有那虛構的幻影了啊！永遠不會有人知道，真正的我們是怎樣的，甚至連我們自己也不知道。因此，我變得非常不信任、甚至是否定任何採訪或演說。採訪一個作家或聽他的演說，以探求或讓其展示他的真面目，那是幾近沒有意義的！

問題是，在道德的層次，隱身的、旁觀的作家是不可以被接受的。我不是說偷窺或者披露他人的祕密，侵犯了他人的隱私這個層次的事情。沒有一定程度的偷窺和披露，小說根本就不可能成立，所以才不斷地出現這方面的爭議甚至是訴訟。這是一件永遠沒法畫出一條清晰界線的事情。不過，我想說的不是這方面的道德問題，而是更根本的，小說家作為人類群體的一員的權利和義務的問題。小說家作為旁觀者，作為隱身的人，意味著他必須跟世界保持距離，而不能在寫作的同時，投身世界其中成為一個參與者、行動者。為此，他必須成為時代的邊緣人、放逐者、局外人，被認為是冷漠、自私、犬儒、退縮、怯懦、不負責任。

許鞍華拍攝蕭紅生平的近作《黃金時代》是一部極為優秀的電影，當中突出了一個看法——蕭紅在國家危急存亡之秋、在同儕都熱血投身抗戰和革命的時候，堅持走自己的路，流落香港，並且孤獨地死在這塊異地上，但是，也唯其如此，她才能寫出《呼蘭河傳》。你可以說，那是匹夫之責，弱女子如蕭紅不必承擔。但文學史上眾多的自願的流亡者，不正是選擇了這樣的一個文學的位置，而變成了一個時代的旁證，一個歷史的守門員嗎？然而，作家這樣做並不是真的置身事外，相反，那種不能參與、無法行動的、旁觀的距離令他感到加倍痛苦。因為，當中除了必須注視他人的痛苦，還有自己無法施以援手的自責和內疚。他無法站在行動先鋒或運動中堅的道德高地去享受別人的讚揚或景仰。他永遠落得一個言而不行的惡名。但他也知道，絕對不能動用文學去爭取無論多麼崇高的政治目的，因為這樣必然會把文學犧牲掉。

在我們的時代，我們都不能假裝看不到政治。就算是扮演旁觀者的角色，所旁觀的依然是包含政治的人間戲劇。而如果旁觀也屬任何戲劇的一個要素——我們不能想像沒有旁觀者的戲劇——目光本身就是一種關注，一種監察，一種映照，一種反響；更何況，像小說家這樣的一個旁觀者，最終會把自己化為舞台，讓現實的戲劇在文字的虛構世界裡改編重演。隱身衣不再只是作家的保護衣，而成為了他參演其中的戲服。

瘦

我害怕在人群中被暴露出來，希望躲成那個疊在牆上的影子。

駱以軍

瘦：

是的，我對這篇〈溜冰場上的北野武〉印象非常深。多年後還清楚記得你那「環場」觀看每個角落，每組人物，他們的動作、特徵，這個觀察者腦海中資料庫對這些移動焦距，像《神鬼認證》裡麥特・戴蒙演的國際特工，在一人潮熙來攘往的開放空間（火車站大廳、地鐵月台、馬路上、瞎拼大樓內），判讀眼前高速跳閃、建構出每個人物在這「漫天紛飛的銀杏葉片」中，單獨的存有，或兩個人的互動，或三個人、四個人以上，張愛玲式的、紅樓夢式的，一屋子人在這種關係網絡裡的臉部表情，話中有話。或因為有了這個「旁觀者」，他又將那不自覺被觀看人物，在這種空間使用某種語言陳套的權力交涉，或自我戲劇化，形成反諷（當然這是張愛玲的魔術之核：語言的陽奉陰違本質）。譬如品特的劇本中，人物的對話後面時不時出現的「沉默」，丟出這句空洞話語，只為了像探戈舞步等對方的話語踩上來，迂迴、試探，或是孟若的短篇，像含羞草，那輕微碰觸即改變細莖管內液壓，因為敏感害羞侷促，所以將全景環場一切浮晃最輕微的心思，全偵測感應，素描在她回去後回潮反芻這空間整晚，所有人說過的話的畫紙上。這是我年輕時，很長時間被迫訓練自己的方式。很像那部電影《啟動原始碼》，那個已死去的腦波被強植，進入那列已被炸毀、全車人皆死去的列車內，一次只有八分鐘，時間到他要承受又一次在爆炸烈焰中死去的痛苦，一次又一次，因為他們需要他潛回那「其實已不在了的八分鐘」死者的腦殘餘波，在那死亡車廂內觀察、偵探，抓出那個放炸彈在火車上的恐怖分子。等於一次又一次，在那張八分鐘車內人物死亡前的幻燈片的反覆微勘，我非常佩服這個劇情迴路的設計。

事實上，我到可能要三十歲了，台北才出現捷運（地鐵）的搭乘經驗。而很長時期，我少年、青少年時期、青年時期，搭公車時，若不是很擁擠，我都喜歡坐到最後一排靠窗座，這或許可以做精神分析——「年輕時的我，自我意識是畫面之外的，多餘的那個人」、「我害怕被若有另一個觀察者觀察」。也就是說，我害怕在人群中被暴露出來，希望躲成那個疊在牆上的影子。很長的時光，我每去參加過一次有諸多長輩的聚會、餐宴，必須頭頸旋轉和不同方向和你說話的人應答，這總讓我全身細胞死一大半。回家後，我的腦袋會關不了機，一再重播，像監視錄影機，那個晚上，我和某某說話時有沒有說了不禮貌的話？我和另一個某某有沒有說了什麼蠢話？我有沒有對某個這空間裡弱勢的人露出輕蔑？如果有倒帶抓到「啊！我說了一定讓對方誤解的話」，或是「啊！我中了陷阱，被對方套了我不該說不在場的某某的什麼評論」，那整夜我會輾轉、憂鬱。我想這種「腦中回放錄影機的投影屏幕」，在之後的學習，張愛玲的回放投影、大江的回放投影、普魯斯特的回放投影、朱天文的回放投影、你董啟章的回放投影，在真正學會寫小說之前，它們改造著我觀察可能的聚焦方式，顯影的畫素——「怎樣的人和人之間的關係是有小說意義的關係」。

回到〈溜冰場上的北野武〉，我剛剛又找來重讀了一遍，還是為其精準深深折服，我想：「天啊寫這個短篇的瘦，那時你才三十歲吧！」那個禽鳥俯衝時高速調換眼球對多重焦距的解析，那個透過「掌控」的多條懸絲般的小肌肉運作，正就是在回答十五年後，我這個對談的題目〈坐在某個角落，無人知曉，觀察著人的那些祕密時光〉：

「以高速旋轉的北野武為中心點，旁邊的人各自在自己的軌跡上或快或慢地運行著，並沒有一刻察覺中心的引力。氣功婦人旁若無人地蠕動，小丑男人沉醉於沒有笑聲的滑稽演出，速度男孩在盲動的衝刺中消耗著多餘的精力，馬尾少女以戀人的甜蜜眼神注視著教練的嘴唇，年輕男教練卻心不在焉地越過女學生的肩膊追蹤著揚起白嫩屁股的灰隼群，灰隼女生們挺著無用武之地的胸脯抵受著下身欲望的漸次冷凍，餐廳內的偷情男女拉扯著糾纏不清的關係，女侍應主管向客人和下屬堅持著幹練的笑容，觀眾席上的白衣女學生侃侃而談她們半懂不懂的情欲話題。只有紫衣小女孩停在一旁，以驚嘆和羨慕的眼神，專注地觀看著北野武寶刀未老的陀螺連續旋轉，直至她自己也有點暈眩了，摸著腦袋搖搖擺擺。只有她確切感到中心點輻射出來的力量。對所有其他人來說，中心並不存在。」

在溜冰場上，這個像牙籤建築酒瓶中的西班牙大帆船，各組人物在被觀察者描述下來的同時，已隱祕進行過一次「道德的交換」，觀察的局部鑲嵌已在那描述中完成，而這其實應在十九世紀寫實主義一數十萬字長篇中瀏覽（城市）的觀看，或至少是時光更大許多的公路電影，整幅全景播放完，才能得出的「頓悟」——一張北野武的臉，漠然無感性（看似不對眼前歷歷發生之人事，做出太戲劇性的道德介入），如此孤寂，如此荒謬，如此欲哭無淚，近乎有殘缺的黑道人物的動物性暴力反應。

而你卻可以將之壓縮在香港，九龍塘的一座科幻場景般的shopping mall裡。

這個關於「觀測」（卡爾維諾說「讓感覺孤立出來」）的寓言，一座溜冰場，中心如陀螺旋轉的北野武不但讓那個「隱身的觀察者」失望了，他沒有如電影裡的北野武（或我們印象摺痕下的那個薄如剪紙的北野武）那樣以樸拙的暴力執行正義，反而在小說的最後，成為那驚悚恐怖畫面，傷害的偶然性施加者。

它還是讓我想到量子力學中，最初讓海森堡提出那細微尺度世界的「測不準原理」。以下摘自維基百科：

「海森堡設計出伽瑪射線顯微鏡思想實驗。在這實驗裡，實驗者朝著電子發射出一個光子來測量電子的位置和動量。波長短的光子可以很準確地測量到電子位置；但是，它的動量很大，而且會因為被散射至隨機方向，轉移了一大部分不確定的動量給電子。波長很長的光子動量很小，這散射不會大大地改變電子的動量。可是，電子的位置也只能大約地被測知。」

動量與位置，在一次性的觀察行動中，總無法同時兼顧，小說家其實在展示某個「只屬於他的顯微鏡」時，便參與了他腦中人類存在處境的被測量，關於位置的描繪有其攝定的哈伯望遠鏡漂流之時光代價，關於動態的記錄亦有其《Big Blue》深潛冒險而內臟出血的風險。

不過，這應是我們另一次話題的展開了。

肥

南泉斬貓

一切妄幻、憎恨、占奪、淫盜之惡，奇怪的是初始皆起因於對美之暈眩。

駱以軍

瘦：

（這是《金閣寺》裡的段落）

「南泉斬貓」也見於《碧巖錄》裡的第六十三則〈南泉斬貓〉和第六十四則〈趙州頭戴草鞋〉兩則，這是自古以來公認難解的參禪課題。

話說唐代，池州南泉山有位叫普愿禪師的名僧，因山名的關係，世人亦稱他為南泉和尚。

一天，全寺人員去割草時，發現這閒寂的山寺裡出現了一隻貓。眾人出於好奇，追趕著這隻小貓，並把牠逮住了，於是，引起了東西兩堂的爭執。這是因為兩堂都想把這隻小貓放在自家的寢床上而引起了爭執。

南泉和尚目睹這一情形，立即抓住小貓的脖頸，把割草鐮刀架在上面說：

「眾生得道，牠即得救。不得道，即把牠斬殺。」

眾人沒有回答，南泉和尚把小貓斬了，然後扔掉。

日暮時分，高足趙州回來了，南泉和尚將事情原委講述了一遍，並徵詢了趙州意見。

趙州立即脫下腳上的草鞋，將它頂在頭上走了出去。

南泉和尚感嘆道：

「唉，今天你在場的話，也許貓兒就得救了。」

——故事梗概如上所述，尤其是趙州頭頂草鞋這段，聽起來是難解的問題。

但是，按師父的講義，問題又不是那麼難解。

南泉和尚斬貓，是斬斷自我的迷妄，斬斷妄念妄想的根源。通過無情的實踐，把貓首斬掉，以此寓意斬斷一切矛盾、對立、自己和他人的爭執。如果把這個叫作「殺人刀」，那趙州的作為就是「活人劍」。他將沾滿泥濘的被人蔑視的草鞋頂在頭上，以這種無限的寬容實踐了菩薩之道。

這是我年輕時從三島的《金閣寺》曲徑迴繞學來的「南泉斬貓」。

所以說實話，我腦海裡關於這個公案，是層層依附著三島這本小說，對「金閣」的地獄之美、極限光焰之美，每處脆弱的細部皆歇斯底里的美之支架起，最後卻像對疫癘、惡鬼，對那美的顛倒妄幻，終至於這年輕口吃僧侶在故事結尾「放火燒了金閣」。

執念。斬除對美而起的心魔。一切妄幻、憎恨、占奪、淫盜之惡，奇怪的是初始皆起因於對美之暈眩。這當然是透過小說開啟，我對這個「控制／占有」劇場的起手式，入門階。後來讀到的幾本更全景包圍，審視這「美的瘋魔」的長篇，譬如納博可夫的《羅麗塔》，符傲思的《魔法師》，艾麗斯・梅鐸的《大海，大海》，或徐四金的《香水》。我想這個（我內心的）「南泉斬貓」的遽然、匪夷所思、驚嚇、震撼，而顛覆一個審美主體和對象客物之間的纏擾關係，應該很難再撬開、超越以上幾部小說對這個命題的「金閣」辯證。

該注視的或不是千年前禪寺裡一個高僧突然行為乖異的殺貓這事，而是昆德拉所說的「媚俗」（尤其現代小說，似乎內化這種超出平庸個體之神聖、審美激爽，以瘋狂為旋轉門。簡言之，高度控制性的技藝）——畫一個圈圈，將不符合這圈圈的雜駁之物驅趕出去——而是以小說，還原了巴赫汀的那個凡俗、醜怪、民間嘉年華的欲力。但它又常是並置的（絕美的金閣，和那自慚形穢的口吃少年僧或八字腳怪咖），它沒有停在以骷髏腐屍去美之執念，而是將之並置在「貓」與「因為貓而起貪執之心的徒弟們」和「因要制約這些徒弟之心魔而起殺心的南泉」，一種美的建構意志，拆解之虛無的心理來回，常是以小說的自我戲劇化、鏡像、夢隱喻、仿謔、展演「這個瘋掉的，諸神離棄的世界」。

而二十世紀以小說為瓣膜，人心濾鰓最黑暗幽微之境，一種近距離滲透到舊秩序的區劃逐漸失靈，混雜想辨識我與他者之行動常要付出極大代價的剝奪，損壞力量低位者，無感受他人之痛苦能力者，一種集體瘋狂為一發出神光之激情（或法西斯審美情感）所惑，所謂「反人類」行為者。這個「既要蓋出」金閣「之絕美，又要將它燒掉」「既要從虛空中描出，使看見」貓「然後要揮刀將之斬殺」的二元悖論，也許，是我們所承襲的二十世紀西方小說所開啟的「複眼」，但同時也使我們觀看審視自身的文明「像眼珠被用刀刃割開」，它必然要召喚、釋放出那原本的說書話語，或圖卷視覺，未必要感受到的暴力、變態、金屬機械撞擊凹毀感、人格解離的痛苦，將他者的心靈史內化到自我感性主體中的錯位，魯迅的酒樓上，張愛玲的雷峰塔。

趙州和尚將腳底草鞋頂在頭上，倒退著走出去，是淡然辯駁師父弄顛倒了因果，斬錯了，貓何辜？漫野美貓喵喵跑來跑去，干和尚屁事？且和尚眼皮下豈滅絕一切千萬分之一瞬的美之悵惘、暈眩、波瀾？無法定攝回一持續流動時間主體，那也太過嚴峻荒枯。一個美的妄念，啟動的是無比龐大的人類文明關於美的認識論辯證，何謂淫？何謂情？何為變態？（《八厘米》？《恐怖旅店》？）何為美之瘋魔？（《羅麗塔》？）這在內心是像漫天飛雪孤寂又忙不過來的大功課，怎麼會滅了禪機，睜眼，曰「殺！」呢？

以下是我從「維基百科」摘下的一段，我其實把這段文字貼在書桌旁牆上，作為對自己訓練「小說的內在眼球肌肉」，常迷失在那夜海泅泳時的提示：

「三自性論」是唯識宗的另一個重要理論。

三自性是：

1、遍計所執自性，人們妄執五蘊、十二處和十八界以及宇宙萬法都是實有，都有自性，並處處普遍執著這種假有；

2、依他起自性，一切事物都是依因待緣和合而生的，是相有性空的假有；

3、圓成實自性，徹底遠離虛妄遍計所執自性，真正明瞭一切皆依他起自性，依他起上彼所妄執我法俱空。此空所顯識等真性，就是圓成實自性。

與三自性相對的還有「三無性」：

1、相無性，一切事物、現象皆無自性；

2、生無性，一切因緣和合而生的事物皆無自性；

3、勝義無性，認識到人無我、法無我一切真空妙有之理，即圓成實的真如實性，亦即阿耨多羅三藐三菩提。正像佛在《金剛經》裡

講的，「實無有法，佛得阿耨多羅三藐三菩提」，「於是中無實無虛」。「勝義無性」也是一種言說、名相，這裡也是出於言語表達的需要姑且說之，實際上是不可言說的。若用《金剛經》的表達方式，即所謂：「所言勝義，即非勝義，故名勝義」。

肥

也許，在密室裏面根本就沒有貓，甚至根本就沒有密室。沒有南泉所斬的貓，也沒有斬貓的南泉。

董啓章

肥：

南泉斬貓，斬什麼貓？薛丁格的貓。

我出這題，原本只是鬧著玩，沒想過賣弄什麼禪機。但你說到《金閣寺》，說到「美之瘋魔」，那就實在太妙了。以貓為美，那一定是個愛貓者、愛動物者的自然聯想。但這個貓咪是怎樣的一種美呢？你說是金閣之輝煌，但也是羅麗塔的誘惑，那貓之陰性形象呼之欲出，也很可能就是你的「女兒」的象徵？所以我一說「斬貓」，你就要出來為貓說話，就要把你那心中之貓提升至美學的高度，並以不忍不捨不離不棄之心去加以維護了。當然，你也只是怪罪南泉和尚的無情殺念，並未說到我。而我實在是想起早陣子你出的關於「薛丁格的貓」的題目，有點可惜當時沒有答出這個點子。所以，才又來勾起這個話頭。

兩幫和尚搶貓，既可理解為執念而須斬之，但也可以視之為兩難，而必須求取一個非常的出路。困在密室裡的薛丁格的貓，在同一時間下，既生又死，兼具兩種可能性，而成為了西方思想所無法接受的反邏輯狀態。這用來說明量子層面的測不準原理，即觀察者不能同時測知量子的位置和速率，永遠只能得此失彼，就像一打開密室，貓的生或死的可能性便由同時並存而塌縮為其中之一。在這種無解的情況下，把貓立斬其實不是一個完美的辦法，因為它只能確認其中之「死」之可能性，而不能確認其中之「生」之可能性。但無論如何，悖論或懸疑就被解除了。

我同意這是個下策。以殺貓斷執著，跟以引爆密室解決那個思想實驗，同樣沒有真正斷掉問題的根源。執念根本不在貓身上，正如貓無須對量子測不準原理負上責任。老實說慧根有限的我真的不知如何斷念，正如我無法透解那些複雜的量子科學難題。我疑惑的倒是「貓」的本身。我最感興趣的問題是：為什麼要是貓？為什麼不能是狗？（南泉斬狗、薛丁格的狗？感覺有點滑稽吧。）為什麼不能是蛇？（南泉斬蛇聽來不錯，可以弄蛇羹，薛丁格的蛇就太詭異了。）為什麼不能是牛？（體型似乎太大，而且性格太憨厚。）那麼鼠又如何？（未免太小，且不成爭奪之物，雖然白老鼠和科學實驗非常搭配。）想來想去，似乎沒有任何替代貓的可能。這就奇了，原來貓在這兩個事例中具有某種必然性！

所以才出現你關於貓的聯想——美、高貴、跳躍、靈巧、慵懶、驕傲、神祕、柔弱、溫馴、反覆、命硬、野性、不受羈絆、難以捉摸……斬之不忍，就把牠（她）封印在密室之內，進行禁室培育吧。但這樣的禁室培育卻又偏偏是見不得、碰不得的，因為有一半的可能是見光即死、觸即化灰。於是就只能永遠存在於隔牆的想像中，只能以心之眼去凝視，以心之手去觸摸。於是就有空幻的文學，通過可能世界的建構，穿透那堵銅牆鐵壁，去跟那隻心中之貓對視，甚至伸出手去撫摸牠（她）毛髮溫軟的身軀，並甜蜜地忍受牠（她）那利爪的折磨。

也許南泉真的不該把貓斬殺。他應該把貓放進寺院裡的密室，並在密室裡設計一個要不就讓貓啟動並身亡、要不就安然無事的裝置。然後照樣和兩幫爭貓的和尚說：「眾生得道，貓即得救，不得道，貓即殺身。」也許和尚們可以藉著這個思想實驗得到禪悟。又或者，晚上回寺的高徒趙州，不做那個草鞋壓頂倒後而行的怪動作，轉而向南泉獻上思想實驗的設計。又或者，如果南泉的徒弟是薛丁格，貓就（至少有一半機會）得救了。

其實洋人有點大驚小怪。薛丁格的實驗本身就是禪。西方哲學和邏輯思維令他們無法理解和接受貓同時是生和死的道理。這對佛教來說完全不是問題。華嚴學有所謂四法界之分：事法界、理法界、事理無礙法界、事事無礙法界。法界緣起，相即相入，事事無礙，生在死中，死在生中，生即是死，死即是生，生死不二，死生無礙。量子測不準，原是實相，而那個密室早已打開。我們看見在密室之內，南泉和尚一隻手提著血淋淋的死貓，另一隻手被活生生的貓狠狠咬著不放。也許，在密室裡面根本就沒有貓，甚至根本就沒有密室。沒有南泉所斬的貓，也沒有斬貓的南泉。或如《金剛經》所言：貓，非貓，是名貓。

然而，我們還是情願有貓可斬，也即有貓可救。這就是我們此等文學幻相執迷者無可救藥之處。因為我們耽美於金閣，於羅麗塔，於那可憐可愛的貓咪。

人渣之必要

「廢材」如果不進入廢材的「駱駝的眼珠」，他怎麼可能說出廢材所說的那些擠壓、拗彎、揑皺的故事？

駱以軍

瘦：

其實青少年期，對此種特質的親切認識，大部分從港片，後來主要是周星馳了，達叔和成奎安是我的最愛。認真一點看，應該是日本戰後派那些作家側滑切入。

渺小的個體，要跟那鋪天蓋地的心靈箝制、那擴音器放出的國家魂對抗，或是「你怎麼可能」脫相干「脫離出那個當代的歷史，群體語境，如何能描述你是一顆獨立的鋼珠」？牽一髮動全身，很多時刻，你要創造出這個「描述」（小小觀景窗裡你擺置的小人兒，他們栩栩如生，活在其中的方式），要如何不被借位、旁徵，延伸那已發展成熟、根系盤錯，甚至深入各領域的「已被高度動員，建構過的話語」。

你幾乎要在時隔非常久之後，才能看出，那個和現實大話語反向而行者，那個心智崩潰和孤獨之境的困難（你怎麼可能不在其中？譬如柯慈的《屈辱》，石黑一雄的《浮世畫家》，但你要如何既是審判席上的罪者，又是聽證席裡的證人？要用怎樣的眼睛「看見」你所置身其中的這個文明的暗黑和犯錯？你很難——雖然還好後來我們有了卡夫卡——作為你所從出的這個文明之外的人類學家，而又能交代賦予你，指派你這「在之外」的測量身分，那藉以支撐的「更高的嚮往與批判」的文明城邦在哪？）。似乎只能是摧毀、羞辱渺小的「我」的「像正常人那樣活著」，他可以下的賭注，就剩人間失格。但其實「廢材」又和太宰治這樣的「人間失格」，或劉以鬯那樣的「酒徒」不同。他也不是《地下室手記》那樣的「零餘者」（譬如台灣施明正的「食糞者」），這樣的「廢」，近乎是獻祭了（像你在〈必要的沉默〉提到塔克夫斯基《犧牲》的那個「除了這樣，無能言說」了）。

我故意從港片開始談「廢材」，是因這樣和你聊「廢材」這個詞，我此刻無比清晰的領會，啊！是這樣的——「廢材」（區別於「零餘者」、《地下室手記》）一如港片《葉問》裡甄子丹的詠春拳，那窄仄、迫近的空間關係，多人拳肘膝蓋彼此肉搏的瞬不容髮即興反應，他又非常倚賴這種「港片印象」市井的，餐廳廚房後街追逐時翻倒鍋籠曬衣竿，那種氣味暴亂、顏色潦亂、鏡頭搖晃的短暫浮生意識。這可能在同一個年代（我小時候至青春期的那個一九七〇年到一九八〇年代），華人社會其他城市、國度的語境（包括台北、北京、上海），皆還未有這樣近距視角，充滿顏色、氣味、喧鬧聲的城市人與人關係的「斷肢殘骸」。大的主體性的懸擱、空白，然散置各處的細節卻生命力勃發，藤蔓竄長，那些卓別林式虛無、快轉、機械傀偶化惹人爆笑後頭的流浪漢悲哀。「廢材」似乎必須捱湊、偎靠這樣「城市中的」「邊緣人」，但他們必須有一組人，像足球隊小組傳球那樣，利落靈活做球給夥伴。他們在一個語言或人情世故或瞬生瞬滅的偽扮狂歡中，無中生有，相濡以沫——「因為我們不是被從裝配線組裝起來的合規格產品」，「所以我們用這些廢棄螺栓、電線、彈簧、齒輪，隨機拼裝成這樣讓人一時難以接受，只能詫笑以對的怪物。」

好像在我童年小鎮電影院看板那些中影的愛國片，會混置播放的是許冠傑、許冠英、許冠文他們，一開始是卓別林式的小人物狂想曲。慢慢到後來，劉青雲、黃秋生、梁家輝這幾個戲精，就是可以把廢材氣，像太空艙裡的無重力太空人，自由漂流，翻轉，任意穿梭香港那總是人群背景的街市。已經將「小丑」從昆德拉寫「浪蕩子的生命鐘面」，從「運動員時期」到「詩的隱喻時期」到「淫辭穢語時期」，到「神祕時期」到「孤獨時期」。

得那時期的港片裡的「廢材」底色和溫度、氣味，已脫離像泰迪羅賓這小丑的運動員化」，它（在一部一部港片中）長出了一個內在時光感，人發生關係，好像有一個「廢材國」語境、眼神，他可以調笑政府，調

笑富豪，調笑自己是個怪咖。在觀看視覺上，是現實主義，但又價值虛無，市井，不要認真，嘻嘻哈哈一隊人追打著，就跑到電影結束燈滅，後頭那所有人默契的笑的世界。

「廢材」啊！其實是作為一個個體，時代後頭有個原本可以支架、扛起你的精神性結構，被超乎這個體的什麼巨大暴力給壓彎了、折斷了，無語對蒼天。這個「我」在龐大數據的搜尋、解讀後，找不到自我戲劇化的角色，不知怎麼對應那將語言也攫奪而去，那層層複雜迂迴的空洞話語，或感情以一種偽高貴的形式，集體監視或遂行勒索，自覺得你不要成為偽善說道德語言那方，或你不要讓自己陷入瘋狂。譬如日本那些戰後派作家，譬如像哈謝克《好兵帥克歷險記》這樣的「流浪漢傳奇」；譬如葛拉斯的《鐵皮鼓》裡那個侏儒，拒絕長大的男孩；譬如浮斯塔孚。但我這樣講，好像只把那嚮往——在話語或畫幅上戳幾個洞，它或即可能成為「蟲洞」，想像力或

情感脫離它原有巨大重力，創造另種竄逃可能的靈活與自由——所謂唐吉訶德嚮往、巴赫汀嚮往、赫拉巴爾嚮往，其實真正的「創作者勞作」，是像一顆方糖投入大海中，他在一生中的實踐，很難自我戲劇化描述「廢材之詩意」。但我覺得有許多，其實「廢材之眼」所只能單一音軌，看見記錄的溫柔與慈悲，降到那樣低位才如此真摯的哀傷與懂得（譬如山田洋次的《男人真命苦》），在我這樣的敘述中大量汩汩流失，因為「廢材」如果不進入廢材的「駱駝的眼珠」，他怎麼可能說出廢材所說的那些擠壓、拗彎、揑皺的故事？

　　廢材不可能替廢材自己辯護，如果我是真的廢材魂的話，我想聽聽你的講法。

肥

那樣的事情，需要天分。

董啓章

肥：

我知道你一看到這個題目，一定會摩拳擦掌、興致勃勃。畢竟，你是專攻這個領域的小說家。我是這樣理解你的「廢材書寫」的：你把廢材的存在的可笑和可悲、作為被滅聲的邊緣者的無言、被排擠的無立錐之地的游離，以及以其自身的殘缺不全對扭曲的世界的指證，寫成同時充滿感情和嘲諷的「廢材辯」或「廢材頌」。你讓我們思考到，文學作為一種關注（暫且不要說到救贖這麼高遠），不但應對「廢材」作為題材或人物而施予同情，甚至必須明瞭及承認，沒有「廢材」就沒有文學，尤其是在當下這個無論是歌功頌德還是隱逸山林都已不再成為選項的時代，直面真實就等於要站在邊緣的、低角度的視點。對於無所不在但同時已百孔千瘡的主流和建制，廢材或廣義的無用者、失敗者、零餘者，很可能反而是洞悉甚至是穿透所謂的時代精神的特選人或幸運兒。循這思路下去，「廢材（人渣）文學」成為了一種必要。

我料想不到的是，你回應這個題目的時候卻從嬉鬧無聊的港產片入手，把嚴肅文學中的邊緣角色都暫且置於「廢材」的領域以外，並據此而自我詰問：對「意義」

徹底叛逆（或被叛逆）的廢材，真有可能進入文學嗎？而注定並非廢材的作家（無論私德如何，只要站在「寫作」的位置，就不可能稱其為「廢」），又真的可能代入廢材之眼，書寫廢材之心（如果有的話）嗎？這確實是個大哉問，當中涉及書寫的根本（不）可能性，或語言及無言的絕對界線的問題。也許，我們留待另一個時機才再嘗試深入這些思考險境吧。

我出這個題目，原本是想談其他的，或者只是想調笑一下你和我自己——我們兩個肥瘦相聲，一個廢人自居，一個斯文敗類。我想集中說說自己的虛偽——那跟你相反的，正人君子的姿態。我常常被批評不懂寫壞人，想必是對人性欠缺深刻的洞察之故。又或者，其實是自己對「壞」這回事的體驗不夠。我從小就是那種乖孩子、模範生，像我這樣的一種「好人」，或人格上的潔癖者（但絕非完美者），往往會對自己造成不自覺的壓抑——責任感重，控制欲強，謹小慎微……久而久之，很容易會形成焦慮症。

有天晚上，妻子不知是認真還是說笑地說：「要對治你的情況，你應該考慮一下無賴的方法。」我不明所以，她又說：「你的問題就是太認真！太嚴肅！你這樣的狀況，還一味看什麼禪修的書，思考什麼終極的問題，只會變得更加緊張。你要忘記這些超越的東西，做些世俗的事。不要想著要做聖人，要負責任，或者要寫出什麼來。你知道嗎？歷來的偉大作家，哪一個是完美的人？作品都寫得很高遠的，但在現實生活中，性格或者道德上有缺失、有瑕疵，或者總有些不認真、馬馬虎虎的、胡來的方面，甚至根本上就是個賤人！」我不明所以，問她：「那我應該怎麼做？」妻一本正經地說：「你有沒有聽過那些亂搞男女關係的作家有焦慮症？有些事情總得有個出口發洩出來。」我非常震驚，說：「你提議我搞婚外情？」妻若無其事地繼續說：「或者對孩子採取放棄的態度，別覺得自己要對孩子的所有事情負上責任。」我說：「你教我拋妻棄子？」妻子說：「我沒有這樣說。我的意思是，把心思放在一些無無聊聊的事情上。如果覺得搞婚外情太麻煩的話，可以嘗試喜歡上某種食物，很想吃很想吃的樣子，一吃到就大滿足的那種心情。不要老是想著那些出世的終極目標，想些庸俗一點的東西吧！把心一橫，什麼也不理，那樣的一種態度！」妻又補充說：「那樣的事情，需要天分。」

老實說，參考偉大作家們的糗史（雖然肯定不缺）並沒有很大的安慰作用。攀不上別人的文學高度，就去挑戰人家的道德低點，怎麼說也是愚蠢之舉。在堪稱人渣的作家之中，無賴派代表太宰治應該居於領導地位（但你不把他納入真正的廢材大軍也有道理）。當然，要向太宰治偷師不是一件兒戲的事情，因為標竿實在太高。不過，如果（假）自殺或（真）婚外情對像我這樣無可救藥的呆蛋來說過於刺激，我至少應該可以學懂一點點兒耍無賴的小動作吧。

太宰治在〈富嶽百景〉的結尾寫了一個小片段，當中的主人公（暫且當是太宰治本人吧）在山上居住已久，眼前的富士山也被白雪覆蓋，便決定下山。此時一對年輕女遊人出現，為風景所驚豔，並請求太宰治給她們在雪山前拍一張合照。太宰治欣然答應，但因不慣操作機器而有點緊張，在一輪對焦不準的煩惱後，索性把鏡頭朝向富士山，把兩個可愛女孩的身影留在景觀之外。女孩們連聲道謝，他卻為她們把照片沖洗出來之後的驚訝而暗自竊笑。

我們心自問：如果連這樣的惡作劇也做不出來，那麼的一種可憐的狀況，簡直可以說是「人渣失格」了！不過，繞了這麼的一個大圈，來說明自己天生做不成無賴，或許勉強也可以算是一種無賴行為吧。

體育時期

一切源於那條叫作P.E.褲的東西。

董啓章

肥：

你問我如何出現「體育時期」這個意念，實在是太方便我了。我倒以為，換了由你來寫這個題目，會有意想不到的驚喜。那就先讓我來說說。

印象中有關青春的作品，不少也是和運動有關的。一群年輕人，熱情投入某種運動，不論男女，穿著那種運動的服裝，接受地獄式的訓練，抹掉一把又一把的汗水和眼淚，在終極的比賽中或勝或敗，都會那麼的令人意志高昂，情緒激盪啊！這樣的題材，在電影和電視中屢見不鮮，在漫畫中也不乏。通俗小說呢？我不太肯定。嚴肅文學似乎就比較稀少了。說到底，這是個先天注定的通俗劇的題材。

當然，我寫《體育時期》不完全是這樣的東西。但也不能否認，當中是有通俗劇的成分的——兩個女孩，一個喜歡搖滾樂，一個喜歡寫作，一起組樂團，參加音樂比賽，遇上理想與現實的衝突，還有成長的創傷，加之以兩人的情誼和三角戀的情感糾葛……這不就是不折不扣的煽情肥皂劇的故事嗎？細說起來也有點難為情了。

我對「青春」一詞很有戒心，寫的時候一直提醒自己，不要陷入青春崇拜。既

不要流露出一個中年人戀戀不捨地緬懷自己的青春的沉溺，也不要展示歌頌永恆的青春的沒頭沒腦的窘態。我自以為在小說中已盡了一切能力去貶低甚至是汙衊青春，但是到了這部小說兩次被改編成劇場演出，「青春」還是被標榜出來，作為它的「賣點」。這真是沒有辦法。

其實就題材來說，這部小說並不是講體育的。兩個主角都不是運動員，除了當中有過游泳的場面，和羽毛球拍的出現（不過不是用來打羽毛球的）。人生的追求和競賽，廣義而言也可以視為一種運動吧。這小說與其說是和運動有關，不如說是和體育課。體育課上所做的，當然是運動，而不是讀書或唱歌或烹飪。但是，體育課的意義，和純粹的運動自身並不相同。可以說，它是集體的、強制的運動，給人的是對身體（以至於心靈）的規訓的感覺。當然我是說它的象徵意義。在實際推行上，至少就我自己的經驗，大部分的體育課也只是鬆散的嬉戲或者浪費時間而已。

一切源於那條叫作P. E.褲的東西。體育課的規訓意味，見諸學生們都要穿的體育課制服。它是一般校服的變體，而又比校服更貼近身體，也因而更凸顯出約束的意味。有趣的是，男生穿體育服不但沒有尷尬，反而滿有健康好動的良好感覺，但一般而言，女生穿上體育制服很少不會覺得渾身不自在，甚至是醜陋的（這不同於現在流行的時裝化的女性運動服）。相信很難找到對學校的體育服感到愜意甚至是喜愛的女生。這令人懷疑，體育服是不是專門用來醜化女生，讓她們看起來笨拙一點，或者是用來抵消她們成長中的身體的誘惑力的工具。而女生的體育短褲，一般都是那種像是排球褲的貼身物體，而且往往是深藍色的（相信有某種生理上的掩護作用）（至於上衫，通常是中和一切曲線的白色短袖T恤）。那是一條毫無美感可言但又有一定程度的暴露的褲子，一種相當怪異的違和感。

坦白說，我對穿上這種褲子上體育課是怎樣的一種感覺，完全沒有頭緒。也許一切只是想當然耳。當中也包含一點點觀察所得。我大學本科畢業後，在一間著名教會女校當過兩年兼職教師。校方為了保護女生的安全，或者純粹是減少麻煩，一律禁止無論高低年級的女生在午間出外用膳。可是，學校裡並沒有足夠的位子供所有學生坐下來食用飯盒，而基於某些不明所以的理由又不開放課室作餐室之用，於是就有許多女生索性席地而坐，而坐姿以舒服程度而言，當然是盤腿而坐了。這間學校的夏天校服裙是白色的確涼料子的，在光線下基本上是半透明，於是必須在裡面穿上白色底衫

和底裙，而為了方便盤腿而坐，許多女生都在裙子下面穿上深藍色的P. E.褲，也即是俗稱「打底」了。有些比較豪邁的女生，就可以毫無顧忌地張開雙腿，或者做出各種不顧儀態的動作了。當然除了用膳的問題，P. E.褲打底也方便打球，或者純粹是獲取安全感。一種約束性的衣物，在學生的手上，變成了解放自身作為女性的行為局限的工具。這一點是相當有趣的。我就是從這一點開始，有了小說的意念。

順帶一提，《體育時期》有個英文題目，叫作P. E. Period。一來Period指一節課堂，所以可指體育課，二來這個詞也和女生的生理周期有關。再者，則可以指一個人生的時期，也即是還是被迫上體育課的成長期或青春期了。

我希望這樣的對女生的P. E.褲的興趣和想像，不會構成一個當時剛好步入中年的男性小說家心理變態的證據吧。

好像在區隔並孵養出，那種失聰者或無重力飄浮狀態的「新人類」的神話學小宇宙。

駱以軍

瘦：

我讀完你寫的感想有三：

1、你的「抒情與變態之核」果然是高中少女！一如我的暴力根本就是高中流氓。

2、我們在十五、六歲同齡時，你的心智比我早熟許多。

3、你的小小變態在我眼中根本是超清純，但為何我覺得「半透明薄紗裙下，穿著P. E.褲」的變態效果，遠超過我啊？

我高中念的是純男校，或許台灣在八〇年代初，高中還帶有濃濃的日本軍訓遺風，而學校教官（全是男性）又帶入軍隊對那小空間年輕身體的規訓與懲罰。包括穿卡其制服，教官和壞學生共謀，用制服的「醜——土氣」與「同樣的醜——怪異，但在許多地方做出其實可笑的叛逆」，到中華路後排鐵道旁的整排廉價西服店，訂作比其他人布料要白，或熨合身材的制服，褲管故意做成小喇叭，軍訓帽故意拗折成像飛機或棺材的形狀，這在那一整代人的青春期，很成功的摧毀了初萌芽的審美可能。

奇怪的是台北每天早晨，塞擠在公車裡，心靈沉悶枯燥的少年少女們，整片看去是那麼的醜。我記得當時我只覺得一女校的制服好看，就是景美女高，淡鵝黃色，若有比較調皮的女孩故意去訂作料子較薄的襯衫，那在從集中營般全是灰褐卡其服的男校走出的眼睛中，是有最初始、審美對性的那年紀的柔弱反差。又我也對白衣黑裙有莫名詩意的回憶，但和性無關，而是一種類似張愛玲的〈花凋〉的，不自覺已被輸進「女孩原型」的脆弱，垂著白皙頸子，安靜拿本書等公車的形象。譬如侯導《戀戀風塵》裡那張海報，鐵道上走著的辛樹芬，那就是我那個年代高中男生心目中，莫名感傷、憐惜的清純形象（而非後來的日本高中制服美少女）。

扯了這麼多，是無言想起，我在那年紀是高中這個規訓體制的越線者（我共被記了兩大過兩小過兩警告留校查看，後來也沒畢業）。但仔細想，我的「越線」，無一是在「性」的社會禁忌這裡，全是打架、打架、打架，也就是在「好的反面世界」裡的身體的鬥毆，骨子裡是循從儒家結合戒嚴那套對性的禁錮。事實上是在我的同伴和街頭啟蒙，不斷建構「男性氣概」這件事，包括學抽菸、罵髒話、講究兄弟義氣。我有哥們家是中南部混黑道世家，會炫耀他回家鄉被帶去嫖妓「破處領紅包」的事跡。但那於我好像深海潛艇舷窗看外面的珊瑚礁海蛇熱帶魚，並沒侵入我內在那祕密的「禁欲」甲冑，如此遙遠，且在完全不同的階級或語言層面，好像知道這事，那壓抑禁錮我的家國機器會把它禁制得好好的，沒有造成我任何內在的疑惑和混亂。

但這有一個奇異的年少自己把他消音的事實，就是我在同齡青少年之間，身材骨架是粗壯的，當時我是瘦子，但我發現從我父親，到我大陸那些親人裡的男性，身材都有一高大且骨架粗的同特徵。是以我懷疑我的祖先是軍隊後面的挑伕，高大、肩寬、耐負重物、力氣大，但不靈敏，運動協調性差，也跑不快。也就是說，我在校外的打群架場面，是身體的優勢者，總被叫出列和對方高大的那個單挑，或是當門神的角色。但是，在學校裡，正規體育課的所有項目，我都是較差的（身體素質在現代體育的切分評分，是素質差的），跑步不行，跳遠超差，球類運動也不會，也完全不會游泳。當然我可能可以用平時就是班上壞分子，吊兒郎當的姿態，蒙混過那些尷尬時光。

其實，我在想，在三十多歲的時候，就對你這書名《體育時期》特好奇，充滿遐想。感覺很像《2001太空漫遊》這種空間，裡頭的人（年輕男孩女孩）穿著緊身隔護的太空人衣服，在一時空獨自被標記的飄流物裡頭，計算（消去）時間，吃某種無菌罐頭餐，必須做一些重量訓練以免肌肉萎縮。他（她）們多少都有密室焦慮症，並在那日復一日共同被關禁在那同一密閉空間裡對彼此關係疲憊，他們可能用耳機聽像你寫的「椎名林檎」這樣的音樂，他們的心靈思緒長成像空氣蛹那樣透明單薄的物事。這是那時你的《體育時期》給我的聯想，我覺得你的小說名稱總給人一種時空無限曠遠之感，從《安卓珍尼》就如此，它們好像在區隔（一個華文小說地表的習慣重力或植株的名稱？）並孵養出，那種失聰者或無重力飄浮狀態的「新人類」的神話學小宇宙。

如你所說將「青春」當一孤立對象來觀看，這也是華文小說不曾用這樣的規格、向度、濾光鏡，或徹底的去脈絡來探勘這種存在狀態，於是它就拉出了一個「董啟章祕境」，很難去做基因比序。這些少年少女像在現代性小說空間裡，有體育服吧，有校園的長廊和階梯吧，有實驗室的標本浸泡瓶、顯微鏡，器材教室裡的地球儀，大地圖掛軸或美術課那些希臘神話的純白石膏頭像吧，應該有拉著單槓或打排球的年輕身體吧，那些課本裡被設定的「未來」和真實後來這世界所發生的，有那麼大的「脫相干」。這是一個很奇特的，在華文小說河流的激湍小說意識之中，硬生生讓某一顆蹦起的水珠，獨立出來，放大成一個觀看的運動場域。

那顆水珠（像各種角度折射光的水晶球），和後來進入的這個ＮＢＡ的、世界盃足球的、命運交織的網絡景觀的、好萊塢那不可思議的眼球光爆或高速運動蒙太奇撞擊……不同的「安卓珍尼」式的演化孤證，某一個薄薄的昆蟲翅翼，它和後來這漫眼的「被鑲嵌入大歷史，以顯影一個人史往往是時代的創傷印痕」的共和國小說地表，完全孤立，不同的一個小說意識。又和我後來才讀到的瑪格麗特・愛特伍或韋勒貝克小說，那樣末日感科幻感粒子態的小說印象不同。我想到的還是大江那「神話森林」裡的穿梭、迷路，被某些啟示錄的東西魅惑或吸引，這真的很奇妙，而你也用後來的一部部大長篇開啟不同的「後話」。

關於時光旅行

一個立志寫作的人，必須不顧一切地出發，捨棄至親，離開地球（人世間），孤身上路，一去不返。

董啓章

肥：

你出這個題目真是合時。早前看了《星際啟示錄》（*Interstellar*）（台譯《星際效應》），沒有預期中那麼震撼，回家睡得很甜，內心沒有過於激動。也不是說，自己已經相當瞭解電影裡面引用的宇宙科學理論，因而沒有滿腦子困惑，或者對於當中的人情（父女之情）毫無所感而不為所動。只是電影無論如何嚴謹而富有想像力，它依然遵從好萊塢大片的某些公式，而缺少了開天闢地的氣魄。

第二天早上，在公園散步的時候，卻突然記起自己多年前曾做過這樣的比喻：寫長篇就像駕駛太空船飛往外太空的孤獨之旅，就算途中遇到其他航行者，最多也只能互相揮手致意（當然這樣的可能性近乎零！）。而所謂星際旅行也必然是時空旅行，因為物理條件的限制，理論上必須穿過諸如蟲洞之類的通道，也即是利用所謂時空摺疊理論，「繞道」而行。但是，雖然「繞道」可以節省時間（是上千百光年！），但由於途中遇上的種種重力變化（特別是在大質量星體附近停留或者降落其上），因時間減慢而跟地球時間（及其上等待著自己的至親的年紀）拉開的距離，卻隨時是超過一生的差別。

我突然驚覺，這樣的在空間和時間上都幾乎等於有去無回的外星航行，不就是寫作的隱喻嗎？一個立志寫作的人，必須不顧一切地出發，捨棄至親，離開地球（人世間），孤身上路，一去不返。在電影中，瀕臨滅亡的地球派出十二人往外太空探索宜居的星球，結果有人失蹤，有人著陸後死亡，有人孤獨地留在外星上，有人怕死而傳回來假訊息，誘使地球派人來救。一個立志寫作的人也一樣，都有自己的一顆星球，作為旅程的目的地。但不是每一個都可以到達，而到達的也不一定能把訊息傳回來。

而且，航行者進入的是跟地球不同的時空。因為重力的變化，時間快慢有差別，電影主角回來的時候（其實是回到地球人遷居的太空站）已經一百二十多歲，但卻精壯如三十多歲的男子，而女兒卻已經成了瀕死的老人（雖然她也當上了帶領人類逃出地球的大英雄）。寫長篇小說不也一樣嗎？作者經歷無數生命的生滅，世代的過去，無法和現實世界同步。可能是太快，可能是太慢。一個人耗盡了無數人的生命能量。很多作家早死，不是沒有緣故的。

對的，一個人的能量有限，心力有限。於是，在遠方銀河的旅程中，為了節省燃料，為了要到達目的地，心目中的那個宜居的、讓生命延續或重新開始的星球，必須拋棄一些器材、部件，關掉一些儀器，以最低限度的運作繼續前進。這也意味著，根本就沒有回航的可能了。只有抵達，沒有回歸。

但誰知道呢？在電影中，男主角進入黑洞，本來只是打算以生命一搏，嘗試把奇異點的數據傳出來，讓人類可以解開重力之謎，解決離開地球的方程式。可是，在黑洞的「另一面」是什麼呢？是他自己家裡的書房！他在那個異次元空間裡，看見十歲的女兒，看見過去。那些從書架無緣無故掉下來的書，曾被女兒認為是「鬼」發出來的訊號，原來是他自己弄出來的。他以超越時空，回到過去的方式，向女兒發出提示，並且把奇異點的數據（通過一只壞掉的手錶和古老的摩斯密碼！）傳回去。但是，一切的關鍵，是他有一位絕頂聰明的女兒，懂得破解那麼複雜的祕密。然而，根據電影的主題，其實並不是因為女兒聰明，而是因為愛，因為信任，她才感應到父親的訊息，並且確信，父親已經「回來了」。

作家的終極目標，也許其實不是另一個星球，而是那個黑洞，那個奇異點，一切物理理論都失效，一切意義都不再存在的一點。但在那裡，我們卻發現，原來目的地在我們的心中，在我們的意識裡。一切終極的小說、文學、藝術，無論去到多遠，最後總是回家，回到人的世界，回到自己的經驗和記憶。普魯斯特、佩索亞、卡夫卡、曹雪芹，無數的文學宇宙的遠航者，孤身進入精神世界的黑洞，試圖把那奇異點的訊息傳回來。我們有幸接收到他們的訊號，並努力加以解讀。而在歷史上肯定還有無數其他同樣的探索者，無論是優秀的還是平庸的，葬身於浩瀚的黑暗而無人知曉。

而我們這些後來者，還是一個又一個地出發（雖然人數已經愈來愈少），朝向那心中的目標（初時以為是一個星球，後來才發現其實是一個黑洞），唯一的寄望，就是在那生命和物理現象的邊界，通過「鬼魂」的方式，從那「書架」（實在是太美妙的意象了）和「手錶」上把訊息回傳，極度渺茫地期待，有一位如電影中的女兒一樣的充滿過人的智慧和愛的讀者，察覺到我們發出的密碼，並且加以破解和閱讀。

我終於領悟葡萄牙詩人佩索亞的名句：「我的心比宇宙大一點點兒。」

我們無法購買那些高僧在涅槃之境，腦中繁花簇放的景觀。

駱以軍

瘦：

你寫得太好了，害我幾乎無法再多說什麼。你把「寫長篇」這事，況描到比「唐吉訶德大冒險」、「曠日廢時的世界戰爭」還要美、孤獨，或徒然的境界，還讓我心有所感，泫然且凜畏。

我的牙醫今天跟我說，《星際效應》最後那父親進入黑洞後，其實那一刻應已被超重力壓爆，就死了。後來那一切，其實就是所謂「極樂世界」，一個最後黯滅之瞬的執念，那個意念被永遠困在那會把一切物質吞進的黑洞裡，只是電影裡將那失去時間矢量的一切，劇場化了，高塔建築化了，圖書館化了。也就是說，電影那後來的一切，包括他女兒接收到他的摩斯密碼（秒針跳動），解了那老教授的大公式，最後終於集體讓人類脫離已末日的地球，且和後世子孫們在太空中的「栩栩如生」太空船隊相見（那時他還是年輕如前，他女兒已頹頹老矣）。我的牙醫說：「這一切都只是唯心之境，其實那時他已死了。」他並舉例，從前他們嘉義曾發生過這樣一件事：一位戶政事務所的小職員（多讓人想到卡夫卡的土地測量員？），在某

個上班途中，過平交道時，被火車撞死了。但他不知道（或不認為自己已死了），於是當地不同人傳開，都看見這臉色灰暗的男人，每天還推著腳踏車在平交道邊等火車過去柵欄收起，還有人說看過他叫計程車上車要去上班地點，後來是那地政事務所不堪其擾，找道士超薦說你不用來上班了，這「鬼魂」才消失。

也就是說電影裡那父親在無限遠的蟲洞之外的另一星系的黑洞裡，像在一光纖數碼，或時光琥珀裡頭，自由泅泳他女兒從小到大每一時刻，那書牆後面的「五次元」摺疊宇宙裡，其實是和佛教高僧，相信他們在死亡的那介面穿越後，可以進入一「不受輪迴之苦」，時間永遠失去重力流速的，金光閃閃，亦真亦幻，無苦寂滅道，無顛倒恐怖的，涅槃。我的牙醫說，密宗操作的這個「觀想」，觀想一朵發光白蓮花，觀想曼陀羅圖案，有次序的顏色景象變換，觀想上師神明圖案，每一名字諸佛菩薩祂們的臉容、衣裾、手印、法器、神祕的笑意，它不外乎透過反覆操練，讓你的心在那洶湧瞬變的時間流裡，能定攝，不被妄念所占據。於是在那死之瞬（或我們無從知的死之後），像熟門熟路一大型遊樂場的軌道車機台，輕巧無恐懼的坐上，在肉身滅絕之際，進入那「永生」的美麗圖景裡面。

當我的牙醫這麼說著的時候，我腦中想的正是「寫小說」這件事。譬如張愛玲到她人生的「無人知曉其創作之境」的中年後，人在美國，距離那個童年或少女時期的上海何其遙遠，但她在（那些神祕時刻）寫《雷峰塔》，那裡頭光影、窄烏閣樓的空氣，那些僕傭臉上難以言喻的表情、遺憾、悲哀、愚蠢、殘忍，她那寫了一輩子的父親和母親，那個年輕時無限孱弱、低頭、細密訊息在內裡爆炸的她自己，或是波赫士〈環墟〉那夢中造人：

> 他夢見一個幽暗的還沒有臉和性別的人體裡有一顆活躍、熱烈、隱祕的心臟，大小和拳頭差不多，石榴紅色；在十四個月明之夜，他無限深情地夢見它。每晚，他以更大的把握覺察它。他不去觸摸：只限於證實，觀察，或許用眼光去糾正它。他從各種距離、各種角度去覺察、經歷。第十四夜，他用食指輕輕觸摸肺動脈，然後由表及裡地觸摸整個心臟。檢查結果讓他感到滿意。有一夜，他故意不作夢：然後

再揀起那個心臟，呼喚一顆行星的名字，開始揣摩另一個主要器官的形狀。不出一年，他到達了骨骼和眼瞼。不計其數的毛髮或許是最困難的工作。他在夢中模擬了一個完整的人，一個少年，但是這少年站不起來，不能說話，也不能睜開眼睛。夜復一夜，他夢見少年在睡。

這個結論對我來說實在太悲哀了。

你說：「作者經歷無數生命的生滅，世代的過去，無法和現實世界同步。可能是太快，可能是太慢。一個人耗盡了無數人的生命能量。很多作家早死，不是沒有緣故的。」

霍金說：「黑洞發出的輻射會帶走能量，代表黑洞一定會損失質量，因而逐漸變小。而它溫度會升高，輻射率則隨之增加，最後黑洞的質量會變成零。那黑洞裡那一部分波函數（它代表的資訊是哪些東西掉進黑洞）到時會怎樣？直覺性的猜測，或許這部分波函數（以及它所攜帶的資訊）會在黑洞消失之際重新出現。」「一對虛粒子其中之一掉進黑洞，另一個逃到遠方」，霍金在這裡談了「黑洞建材的P維膜理論」，相信掉進黑洞的資訊會儲存在「P維膜波」的波函數裡，那些資訊因光線路徑不會彎曲，所以最後終會自黑洞中重現。

所以，有兩個行動在這裡讓我混在一起了。

一是，如《星際效應》那個父親，在黑洞中那時間失去線性流動（或箭矢飛行）的無限自由，我的牙醫說那是「死了」的瞬爆無數個他自己祕密內在的量子宇宙。這很像我戚戚焉你說的，小說家在長篇所要遠行到達的祕境，他所看見的狂暴瑰麗神祕無限，很悲哀的常其實只是在他眼皮後面，那夢的鐘乳岩洞窟「不為人知的奇蹟」。確實我的牙醫的理性，認定「人體的組織結構，在進入黑洞時，早就炸碎成原子態了」，它不可能如電影那麼奇幻，變成二維的金箔片般的訊息段。

二是，我們各自從二十多歲寫小說到這年紀，如果其實是像「藏密高僧之觀想」，重複做著「對死亡那太巨大的模擬」，我們不是建築那神佛菩薩的森林，而或是像你的《天工開物》，城市虛擬如在，而人物栩栩如生在其內走動、說話、做愛、活著、思辨，甚至回憶。以「活著」來說，我們在做的，似乎是一件徒然的事。因為它似乎（若以我的牙醫的理論）是在對那

任何人死去後都擁有的「無限時間」，做一預擬的建築，只是我們用文字和書本的形式，將它偷渡、擺放到這個「活著的世界」了。人們可以去書店或圖書館買一本我們「某本書裡黑洞般封印的小說，夢，或訊息流」，但卻無法買那些高僧在涅槃之境，腦中繁花簇放的景觀。

以「死去」來說，為什麼我們知道那些事呢？如你所說，我們曾那樣任自己時空曲扭、高速飛行、潛進壓力過大的人心深海，或觀測超出肉眼尺度的哈伯望遠鏡之視窗。譬如像《追憶似水年華》、《紅樓夢》、《2666》這樣的作品，天平端活著的時光交換那死境（黑洞或太虛幻境）似乎不一磚一瓦，在那邊界辛勤搬動而不可得。有一天，我們死去，像「鬼」一樣，希望那我們已不在場的「黑洞」能將那裡頭的訊息，不可能的發射出來，給未來的子孫（或祖先？）。

肥

更衣室

現代人身分在不同快速扭換中，不得不、且「文明」默契的在一設計裏面，變成另一個你。

駱以軍

瘦：

更衣室讓我想到了「旋轉門」，當然它是完全不同的現代空間的顯影，是的，顯影，想像有這樣一群人，進入到「更衣室」這個暫時性、過渡、像魔術秀的遮蔽箱的場所，等他們出來後，原本身上的衣物被剝去，換成女性的泳衣或男性的泳褲，視覺上極貼近裸露。——當然，我這是想到了游泳池的更衣室。——於是在聯想法則下，很怪的，我腦中突然跳到納粹集中營的毒氣室，之前的某個淋浴室。

這個跳躍太激烈且危險，但那似乎是眼皮下一閃而逝的，我們這個世代對「更衣室」的最初經驗之印象：某種集體、公開、眾目睽睽的流動線，你（當那個你還不熟悉、現代性空間某種默劇默契的身體被陌生化，學習大驚小怪，相信系統，相信那個絕對自我的短暫失去掌握）穿過那個換日線般的，有許多門、小衣物櫃、長條椅、或是蓮蓬頭的空間，卸除掉你身上原有的外殼：衣物。之後變成因為不再受那衣物的保護，而進入另一種身分。

其實「更衣室」的大師正是昆德拉。他的《身分》，他的短篇〈順風車遊戲〉，甚至他最早的長篇《玩笑》——無不是面具（或是臉）的換穿和脫卸過程，卻神祕深層的改變了那個「我」的內在自我想像。你以為更衣室是無害的，或是現代人身分在不同快速扭換中，不得不、且「文明」默契的在一設計裡面，變成另一個你。而最好又不像卡夫卡的《蛻變》，某天醒來變成大蟲，卻不可逆，再也變不回原來的古典自己了。〈順風車遊戲〉裡那對純潔小戀人只是在公路旅行中，玩起這個「更衣室遊戲」（或曰川劇變臉遊戲），他和她各自戴上並非日常中「真正的自己」的假面，浪蕩子，風騷女，並且進入那面具角色的腔調和關係間的張力。他們感到無比自由，刺激，無數個他們陌生的彼此在這來回換串被創造出來；但後來他們發現慢慢被這「面具的重力」所噬，「回不去了」，愈演愈烈，兩人都懷疑對方是否其實有一祕密如這面具下的人格（浪蕩子，騷貨）？在〈玩笑〉裡，那「更衣室遊戲」進入到更深水區：歷史；大多數人在歷史的暴力時刻的挑選面具，以及之後荒謬的拋卸、換裝；即使曾被那段歷史深深傷害的個人，懷著恨意、執念，對那被剝奪掉的抒情詩耿耿於懷，想要回來追討報復；小說的最後，昆德拉的極致荒謬喜劇，正是男主角呂德維克上了他仇家的妻子，但那當年背叛他的朋友早已通過新時代的更衣室，變成新貴，把了更年輕美女，那妻子只是扔在舊更衣室的破舊棄物；變成他這個復仇（給對方戴綠帽子），怨念，自以為的羞辱，只是回收了和他同病相憐，無從聲討正義，悲哀無言以對的，被歷史的毒汁腐蝕的面容殘缺的「失敗」。那經典一幕正是，這妻子知道呂德維克上她又要遺棄她，是為了報復她老公年輕時的惡，悲憤之餘偷了呂德維克自稱的毒藥吞下意圖自殺，不想那其實是一顆治療便祕的超級瀉藥。於是悲慘又滑稽的那幕是：這女人躲在廁所裡（更衣室）反鎖，不肯出來，呂著急撞門以為她會死在裡面，沒想到她是（比死了還羞憤）在裡頭褪了裙褲狂瀉，無法離開馬桶。

我最近在讀黃錦樹介紹的一本《美麗與哀愁：第一次世界大戰個人史》（作者是彼得・英格朗），非常感動。在一九一四年那改變世界最終造成百萬人死亡、四個大帝國崩解、歐洲強權版圖重劃的大戰剛開始時，許多人根本感受到的只是平靜、等待的沉悶、一種對戰爭的激情和歡快。書裡有不同的人：十二歲的德國女學生、蘇格蘭的護士、奧匈帝國軍隊裡的騎兵、年輕的法國公務員和俄軍裡的護士、波蘭貴族的貴婦、英國軍隊裡的紐西蘭炮兵、還有年輕的卡夫卡……他們像拼圖碎片散在各自準備開戰的國家裡，渾渾噩噩，惘惘威脅，看不到全貌和將發生的超現實的大批人的死亡。似乎他們正進入一巨大的旋轉門，一間巨大的更衣室，那之後他們就是活在完全不同的人類世界了。但這些個人當時的日記片段，他們根本無從想像，那將是什麼？他們會變成什麼？什麼時代的衣物會從他們身上被永遠剝掉，換上完全另一回事的衣物？

其中有個叫拉斐爾・德諾加勒斯的美國青年，他一得知戰爭爆發的消息，就立刻搭一艘郵輪前往歐洲，打定主意要參與其中。他得知德國入侵一個小鄰國（比利時），於是他想向比利時參軍，但被比利時拒絕了；他又向法國自薦，又被拒絕；傷心之餘他轉投蒙特內哥羅，卻被當作間諜逮捕。塞爾維亞和俄國當局同樣拒絕他的志願參戰，他在保加利亞會見的外交官建議他去日本試試看（「說不定他們會……」）；在他惱怒失望覺得自己這樣無所事事，錯過這場歐洲大戰，「一定會無聊而死」；最後，他和土耳其大使一次意外會面，使他順利參軍：他參加了另一邊的陣營，加入土耳其的軍隊。

更衣室還必然具有「還原」的意味。它是一個必須連續進出兩次的地方。

董啓章

肥：

我之所以出這個題目，是因為上次寫「體育時期」的時候，有點意猶未盡。不知為什麼，我常常覺得，更衣室是一個隱藏著暴力性的地方。當然，我沒有想到納粹毒氣室這麼遠。我想像中的更衣室，就只是很普通、很日常的那種在學校裡，或者是任何公共設施裡的更衣室。而且，更衣室往往和體育運動有關。你說得沒錯，它是一個變換身分的魔術盒子。更換了衣服，就好像扮演不同的角色。不過，更衣室跟舞台化妝間又有點不同，在更衣室裡面發生的換裝，並未把你完全變成另一個人。我們換上了泳衣或者運動服，並沒有改變身分，而只不過是改變了狀態而已。

當然，狀態可以造成很大差異。平常是同學或者朋友，又或者根本不相熟，大家一起在更衣室裡換了裝，出來之後，在體育場上就會變成了隊友或者對手。因為和體育運動有關，所以關係被簡化為兩大類——合作者或競爭者。當然，也有一個人去做運動的時候，例如游泳或健身。但是，任何一個單獨的運動者，當進入到運動的場域，必然會和在場甚或是不在場的其他運動者，形成隱藏的比賽關係——更快或更慢，更強或更弱等。更衣室絕對不是家裡的浴室。無論實際上有沒有人同時在場，更衣室也是一個公共的空間。在這裡「公共」的意思不單是「開放而且由許多人共用」，而是「個體被置於其他個體的眼中」。更衣室的這個視覺性的一面，讓它成為了一個劇場空間。

　　但是我們在說的是更衣室，而不是進行運動的運動場。更衣室裡做的是運動前的準備，也是運動後的收拾，但卻不是運動場所本身。所以，更衣室的視覺性和觀賞性，又和正式的運動之中的不同。然而，更衣室內有什麼好觀賞呢？我們首先須排除「偷窺無限春光」這樣的不符合實際的想法。種種唯美或變態的情色想像，都只是文學或藝術的虛構。更衣室的實況，是一個絕不可觀的地方。一般而言，特別是在所謂的「公共」設施的更衣室，撇除環境的骯髒（始終是個藏汙納垢之地）和氣味的絕不宜人不說（其一半的功能是廁所），應用者的肉體大部分都不具備狹義的可觀性。而基於兩性分隔的規則，除非你是同性戀者，否則也不會對其他同性的身體發生特別的興趣。而且，在自身其實也不願意被觀賞的情況下，大部分人在更衣室內寬衣解帶的時候，也採取了一種當作只有自己一個人在場的心理區隔，也因此而促成了一種在陌

生人面前也可以若無其事地裸露身體的無尷尬感。

這種若無其事或無尷尬感，在有熟人在場，例如是學生時代的集體更衣的情況下，可能會被打破或干擾。特別是成長期中的青春身體，造成羞恥或不安的可能性更高，而更衣室所隱藏的暴力性就更為顯露。只有在這樣的情況下，更衣室的性質變得和運動場相似——身體的相吸（合作／情欲）和相拒（競爭／暴力）。更衣室於是不再是一個「若無其事」的非空間，而成為了一個「煞有介事」的場所，也即是一個真正的劇場或舞台了。也許，我所寫過的更衣室的場面，都是在這樣的定義下發生的。

再者，更衣室還必然具有「還原」的意味。它是一個必須連續進出兩次的地方，除非你在運動的時候暴斃。當你轉換成競爭或合作（或同時）的狀態之後，你必須還原為「日常」的狀態，回復跟他人「日常」的關係（當然日常關係裡依然有競爭和合作，但那跟在運動當中不同，而且更加複雜）。所以，運動狀態既可以是日常狀態的投射或縮影，但更多的時候扮演著從日常生活暫時區隔或逃出的角色。在這出入於日常生活之間，更衣室就像一道門。可是，這道門的門檻也具有一定的闊度，以至於你必須在這門檻上停留並進行特定的活動——脫衣、更衣、再脫衣、再更衣。在這停留

狀態中，你好像什麼也沒做（你要做的是稍後的事——運動或回到日常生活），但你又的確在做著什麼，而且，於文明人來說其實也是非同小可的事情——脫光保護性的衣物，暴露出私隱性的身體。這個在文明社會被最嚴密地保護著的東西，在更衣室裡卻可以毫無保留地展示出來，說明的也許不是人在此間回復了「自然狀態」，也因此而能坦然相向，相反卻可能是更為文明的一種「視而不見」的自我壓抑呢。

瘦

咖啡屋

或許就是我想像的，我們這樣的先天像被割掉某種全景繁花經驗感受器的小說探索者，關於「能否演奏一座城市」的練習曲。

駱以軍

瘦：

在愛荷華的時候，那是個全城禁菸的小鎮，或其實就是在大學裡的街區，有銀行、有一排酒吧、漂亮的書店、有感覺頗貴的西班牙菜餐廳、印度餐廳、有在河岸起伏的森林間高聳的教堂尖頂，感覺像聖誕卡裡的童話街。我白天會拿塊畫板去河對岸一棵大松樹下寫稿，預先買一杯熱咖啡，那空曠處可以抽菸。我眼前是一大片綠草如茵的空曠地，一些金髮，穿著運動背心、短褲，戴著Walkman耳機的美國女大生，從我面前慢跑經過。很怪，很少看到黑人，或亞裔，或阿拉伯人。感覺就是非常漂亮，在台灣不熟悉的深秋的林相顏色擴延視覺散焦的全景，透明的空氣，像玻璃紙那樣不真實的河面波光。還有一些典型美國年輕男生幾人一列，遠遠的划著輕艇，我通常在那排我也不知是啥（聽說是一美術館）的建築物圍牆腳，一略廢舊無人照顧（所以滿地都是細碎的腐爛或乾燥不同散布的落葉）的階梯樹蔭下，坐到心裡發慌，但回旅館房間就無法抽菸了。

我因不會英語，總躲著人，那兩個多月很像一隻穴鼠。後來是幾乎都要離開了，大約是十月中，河岸邊很冷根本坐不住了，那些伊斯蘭教哥們（他們很喜歡我），我不記得是敘利亞？埃及？馬來西亞？哪一個國家的小說家，告訴我並帶我去那街區上一家可以抽菸的咖啡屋。那對我真是天堂降臨，其實那是一家雪茄店，吧台是兩個典型白人Gay，壯壯胖胖的，手臂全是刺青，感覺他們是一對伴侶，酷酷的，用咖啡機幫客人弄咖啡。我坐在那屋裡其中一張小桌，身體挨擠著一桌一桌的人，全是非常老的老人，坐著電動輪椅進來的，瘸腿的殘障，還有牽拉布拉多導盲犬的盲人，那大狗就乖乖吐舌坐我身旁。感覺平時在這大學城裡沒看到那麼多的、膚色較深的印度裔黑人，都聚在這菸草店或咖啡屋裡，我可能是裡頭唯一的東方臉孔。還有，一些非常胖的胖子，我在他們裡頭，抽著菸，讀我的書，寫我的小說。那種因不會英語，在那國度裡每一秒存在的焦慮感消失了。

那是我在愛荷華時，最幸福的一段時光。後來我想，我那樣坐在那遙遠國度裡，像無聲電影裡的畫面，那種安定的感覺，和我生命這近二十年吧，在台北的任一家不同的咖啡屋，坐那兒抽菸、讀書、寫稿的，身體對空間的解讀，或開啟巡弋，或低度的周邊感官攝入，那感受竟沒啥差別。好像一走進咖啡屋，一種也許像某類人到不同國家的教堂，那個透過隔著吧台幫你煮咖啡，那咖啡機蒸氣噴出的一小團白煙，空氣中的味道，人們溫馴的圍湊坐入屬於他的那張小圓桌，低頭看書、看報、喁喁低語，或用他的筆電工作，有一種不侵犯人，也無法用更高消費讓這店裡主人和你形成權力對位和緊張感（譬如走進銀行、餐廳，或賣衣服的店）。

說真話，這個題目我真是百感交集不知如何切入啊！「咖啡屋」它可以說是我過去這近二十年在台北的「追憶似水年華」啊！我幾乎是在那些我腦海中像年老登徒子回憶不同時期——那些曾和他有過肌膚之親，垂頸偎靠，離開後便不再遇見，那些不同光焰不同小小隱密性格的女孩們——浮現出一間間台北溫州街師大路青田街羅斯福路巷弄裡不同的那些咖啡屋啊！我在那些時光，那些角落，讀了我這些年來大部分的閱讀之書，也幾乎是在那些咖啡屋裡，寫了我三十五歲以後大部分的作品（除了另一場景——小旅館，但那是在台北全面禁菸令之後）。我二十歲到三十歲住陽明山山裡，之後有七年住深坑鄉下小屋，一直到這十來年住進城裡，很多時候，我其實無從建立「我在這座城裡」。咖啡屋是很奇妙的小小租界，星際航行的太空站，甚至它形塑著某種情感教育。這且不提，有太多的破碎時光：我要去參加某個全是長輩的聚會，那之前的焦慮緊張腎上腺素狂冒的神經質時光；某場演講或座談，要走進「殺頭台」之前的，臉皮都麻刺沸跳，腦袋一片空白的時光；孩子們不同時期，我要接送他們，之前一段前不著村後不搭店的垃圾時光；等候年輕時的妻子像小紅帽去逛街，之後兩眼發亮或一臉疲憊來與我會合的安靜看書時光；去醫院看視過癱臥的父親，之後找一間咖啡屋就是坐個十分鐘讓情緒平緩的時光；或是有太多個夜晚或下午，我和不同的小說家、詩人們，在不同的咖啡屋，聽他們那讓我目瞪口呆的故事。

它幾乎可以成為我的——如卡爾維諾那用塔羅牌牌陣搓洗，繁殖出故事的「命運交織的城堡」和「命運交織的酒館」——我可以搓洗出我的「命運交織的咖啡屋」。它可以細細抽長出故事，某種交換的，但似乎又少了譬如深刻的職業縱深；少了那種柏格曼式或張愛玲式劇場的對話中雕刻語言和表情和內心對決的凹溝；它也不像酒館，會有赫拉巴爾或卜洛克那樣的金黃琥珀液態的失控或罪的故事，那些妓女、偵探、毒梟、殺人犯……沒有那種撩人的可能性，眼球沒有那麼快速移動；其實它比較像是無數個在多維世界被堆疊而上的許多間私人書房。但你又像最早的人們第一次在城市裡使用公用電話亭，或計程車吧，你是被一不存在的玻璃牆包圍著，但其實你像水族店的玻璃缸裡的魚被公開展示著，你用近乎一把銅幣的價格宣示，這段短短時間，這一小格的空間屬於你。甚至因它這種空間裡構圖、幾何線條、色調都太簡單（也許近乎教堂的縮小許多，但同樣是給予那被塵世的醜和混亂壓垮的人們，有一產生神祕、靈性幻覺的空間），是以像音樂學院的老教授，通過讓那些年輕的提琴手，來一段巴哈的小提琴無伴奏曲，來評斷他未來可否有能力駕馭更繁複艱難的曲目演奏——我覺得咖啡屋或許就是我想像的，我們這樣的先天像被割掉某種全景繁花經驗感受器的小說探索者，關於「能否演奏一座城市」的練習曲。但或許要練習過上百支、數百支祕密的曲目吧，它那種掏洗挖掉整漁船下漁網的內臟眼珠的那麼多不同魚們的全景構圖，一個較大、較朦朧感受的城市「身世」，便可能在快弓亂弦中浮現。

肥

我泡咖啡館的日子，就等於我喝咖啡的日子。是的，
我以前是不喝咖啡的。

董啓章

肥：

你的咖啡館經驗真是令人神往。那已經不是一般意義下的一個地方，而是一個修道場，讓你在其中練功、修行，從文字（閱讀）汲取能量，然後又把能量轉化回文字（寫作）。而處身咖啡館的那種既存在於世間，又抽空於世間的若即若離的狀態，本身就是一個作者出入於真幻我他世界的經驗。

相對於你的咖啡館經驗的美妙、豐盈和多姿，我的簡直是乏善足陳，完全無法相提並論。於是就想到怎樣躲閃，避開有如你精采地描畫的咖啡店全景，而側寫某些堪可入文的時光片段。侯孝賢的《珈琲時光》我非常喜歡，但那種電影感的咖啡館經驗卻從來沒有在我的生活中出現過。這樣說來，我是完全沒有資格談論咖啡館的。下面的話，聊以相和，獻醜了。

我的咖啡時光異常短暫，可能只有兩三年時間。我說的是泡咖啡館的日子。而我泡咖啡館的日子，就等於我喝咖啡的日子。是的，我以前是不喝咖啡的。在四十歲以前幾乎是一滴不沾。

我也不知道是因為突然生起泡咖啡館的念頭，而開始喝咖啡；還是因為出現了喝咖啡的欲望，而開始泡咖啡館。而為什麼會突然產生泡咖啡館的念頭，或者生出喝咖啡的欲望，也是說不清的事情。也許，都是跟寫作有關吧。喝咖啡，是因為那種味道和身體反應好像有助於提升靈感；泡咖啡館，是因為那種姿勢和氛圍好像很切合一個創作者的狀態。而既然決定了要泡咖啡館，那就沒有不喝咖啡而喝其他諸如茶類、奶類或果汁的道理。而我由不喝咖啡到喝咖啡，一開始就選擇了義大利濃縮咖啡或黑咖啡，除了不加奶，也一定不加糖。也許是為了一步到位，立即成為一個真正的咖啡飲者，加奶加糖乃至等而下之的各種花巧的味道，實在算不上是咖啡。這就像一個本來不懂喝酒的人，一下子就挑戰茅台或者伏特加的層次，或者一個從未聞道的凡夫，一下子就修煉即身成佛的法門。結果如何，可想而知。除了苦受、胃酸倒流和心跳過速，似乎未有任何超越性的體驗。

想來開始泡咖啡館應該不是因為《珈琲時光》吧。要是這樣的話，就注定大失所望了。在香港，完全沒有東京那種老式咖啡館的氛圍，當然也和台灣的咖啡館文化差一大截。先不要說因為鋪子租金昂貴，咖啡館都由兩大連鎖店壟斷，就是地少人多這一點，也令咖啡館立即沾上了本土特色，就像傳統上茶樓「飲茶」一樣——「搭檯」和「等位」。「搭檯」就是小小的連兩個餐盤也不夠放的桌子，也至少可以坐三至四位互不相識的客人，為免肘碰肘腳碰腳而各自縮作一團，在狹迫的距離中佯裝自有天地，或看書或溫功課或把玩手機。「等位」則是你的身後總會站著一兩位拿著餐盤而極力引起你注意的顧客，把自身罰站的苦況化為對這些面前的杯子早已空著而還賴死不走的自私鬼的控訴。所以，我泡咖啡館的時候總得定時加購新的飲料和食物，於是就接連消耗好幾杯濃縮咖啡了。

話說回來，我之所以喝起濃縮咖啡來，可能就是因為這種環境的使然——以最小量的飲料、最便宜的價錢和最大量的購買次數，來延長自己占用座位的合法性，和減輕當中的罪惡感。當然，減少去洗手間的次數也是重要考慮，因為這類連鎖咖啡店多數位於商場內，而去洗手間往往要離開店子而到較遠的地方，極為不便。人不在而繼續霸占位子已是一大惡行，把個人物品留在座位上無人看顧也是一大問題。總不成每去廁所都要把手提電腦帶在身上吧（當然有時候也可以託「搭檯」的顧客幫忙照管一下，如果覺得對方信得過的話）。有時候因為怕麻煩而忍著不去，結果又增加了一項煩惱。種種或內或外的干擾加在一起，真的要有禪定大師的修為，或者自閉症患者的天賦，才能如如不動，安住自心，專注於工作了。

在這樣惡劣的情況下，我的咖啡時光竟然延續了三年左右，實在是一項奇蹟。這三年內我的寫作質量大大減少，也不知應否歸咎於這個無謂（或有害）的習慣。不過，我後來之所以停止泡咖啡館，不是因為不利寫作，而是因為身體機能出現嚴重混亂，而決定不再攝取任何對精神產生刺激性的飲料。而我依然認為，一個不飲咖啡的人，是沒有資格泡咖啡館的。

在戒掉咖啡之後，連同不抽菸，不喝酒，（還有不近女色？）我獲得了邁進聖人之境的基本資格，但對一個作家、一個藝術家來說，就似乎太欠缺品味和風格了。我始終無緣成為一個文藝界的「型男」，而只能謙卑地做一個連品茶的老派文士也不及的、只懂喝港式奶茶的港男了。

病

本來就無法拋開的「隱喻」，正正就是我們理解甚至是塑造自我和世界的方式。

董啓章

肥：

病在寫作人之間是很流行的事，我也不能免俗，加入了病人的行列。前些時文學館的同仁聚會，聊著聊著就聊到彼此的病況，焦慮症、憂鬱症、失眠症、胃酸倒流、肝硬化等等，互相交換著藥物、療法和養生的心得，說得興高采烈的，一點都不似一群患病的人。俗語說「同病相憐」，我看更多的時候是「同病相羨」，甚至是「同病相爭」，好像要在誰病得更厲害上面較勁，又彷彿病情的輕重隱喻著某種文學價值。

誰說到病與文學，都引用桑塔格的《疾病的隱喻》。桑塔格批判以疾病為隱喻的文化偏見，試圖還疾病一個真相——疾病就是疾病，並無更多或更少。依我看，疾病永遠不可能只是疾病。有人認為，只要把疾病作為疾病本身看待，才能正確及公正地加以醫治。但什麼才是疾病本身呢？病原為生理性的疾病，例如細菌或病毒感染，或者癌症，我們覺得是客觀存在的，是和患者的性格或身分沒有關係的，所以也不應該對患者附帶價值判斷。可是，患者還是會因為特定的行為或生活習慣，而增加成為患者的風險。於是，就很容易溢出了純粹的客觀性。

至於被定性為情緒病的諸種精神病，雖然也極力地被科學化地解釋為生理現象，例如腦部的神經傳輸機制出現問題，但是，總無法完全脫除主觀的因素。只要看看諸如「憂鬱症」、「躁鬱症」、「焦慮症」、「恐慌症」、「自閉症」（孤獨症）、「過動症」（過度活躍症）等等名堂，便知其表意方式已經遠超「隱喻」的含蓄而簡直是「白描」或「直述」了。當然，晚近似乎也流行以「自律神經失調」之類的科學語言來淡化價值判斷的色彩。告訴人家自己患上「自律神經失調」真的比「憂鬱症」或「焦慮症」好聽多了，好像因此而得到多一點的寬容和諒解，少一點的懷疑和責備。不過，對文學人來說，我們還是喜歡「憂鬱症」和「焦慮症」那種充滿情緒聯想和詩意能量的字眼。「自律神經失調」？太沒勁了吧！

說到底，「把疾病當成疾病對待」的目的，是去除患病的負面形象和道德包袱，堂堂正正地面對疾病，並與之對抗，但是，衍生出來的卻是「抗X鬥士」的新形象，結果還是無法脫離隱喻。事實上，無論是「病」還是世間上任何一種現象，也不存在「自身」的未被感知的純粹狀態（康德所說的「物自身」），而一旦被感知，就必然是感知者自心的產物。所以，病始終不止是病，還是對於病的感知和觀念。把感知和觀念所形成的看法稱為「隱喻」，並無不妥，問題只是當「隱喻」成為了文化的定見和偏見，我們才要提防。但一般來說，本來就無法拋開的「隱喻」，正正就是我們理解甚至是塑造自我和世界的方式。更極端一點地說，一切認知都是隱喻，根本就不存在「白描」，甚至「白描」本身都是一種隱喻，也即是觀念或感知對不可得（或不存在）的「物自身」的投映和替代。

我們未必都愛生病，但我們都愛上那疾病的隱喻！無論桑塔格怎麼反對，怎麼呼籲，我們這群人都是沒救的了。佛教說苦有兩類，一類是自然的苦，一類是自身造作的苦。前者諸如生老病死，或遭逢意外，雖然自遠因來說也有其業報的效力，但自近因來說並不是人自己招來的。後者則是直接由自己的行為和思想導致的。就疾病來說，情緒病或精神病比較接近後一類，縱使也有其生理基礎，或者偶發因素，但亦有一定程度屬於自己造作的結果。但因為處於心理和生理因素的交界處，情緒病有某種「假作真時真亦假」的曖昧性。長時間因為生活上的壓力或焦慮，或某些思維習慣，而慢慢造成了生理的變化，呈現為實質的身體上的不適和失調，這當中有「弄假成真」的意味。但這些非常真實的身體不適或行為失常，背後卻又找不出一個實在的

病原體，也即是一個客觀存在的元凶。當然我不是說情緒病因此都是「假病」，都是裝出來的，或者只是幻想出來的。但說它是自心無中生有地創造出來的東西，則不遠矣。情緒病就是不折不扣的對自身生命的隱喻性創作，所以順理成章成為文學人的恩物。

承認患病和否認患病，永遠都是兩難。承認，是面對現實、對症下藥的態度，但久而久之，亦會變成沉迷。否認，等同於諱疾忌醫，可能令病情惡化，但也許亦是走出自困的契機。自己創作的隱喻，為什麼自己不能拆解？不過，這需要殊不簡單的修為。就算暫時走不出去，只是看著自心強大的創造力，也真是有點驚訝。真是一種「天工開物」、「栩栩如真」的感受呀！

我只知道，病也有它的好處，也就是可以理直氣壯地推掉許多不想做的事情。當然啦，想做而因此沒法做的事情，也多著呢。到最後，就變成呆人一個了。

瘦

我們承襲的二十世紀西方小說的方法論，其實整個就是大範域的，通過病理學來操作對這世界的理解或回憶。

駱以軍

駱

瘦：

我前年中曾經發生了一次小中風，跑了醫院一兩個月，後來糊里糊塗好了（醫生說：「被腦吸收了」）。當時心中悲傷莫名，實在這二十年吧我太操這架身體了，好像把它當一輛破爛二手車，拚命改裝、榨擠那處處破洞引擎能輸出的任何一點動力——那些中國老成語全用上了，竭澤而漁、殺雞取卵——就為了催油飄逸，令真實的處境，要為了生計幹那許多雜活。這其實也沒啥好說，一年一年這麼過去，也看出這是大結構的問題，我們同代或往下十年二十年的小說創作者，幾乎全在這樣的顛簸坑洞的路況。哈哈我果然用上了「隱喻」：把小說的實踐想像成一部公路電影，不，一場公路拉力賽車，既要飆速，又似乎有一張鳥瞰衛星圖，那些死亡陷阱般的坑洞，急彎斷崖、沙坑、亂石陣、必須閃避的突然闖進視野的山崩落石、暴風雨、雷擊、甚至炮火亂射的戰場。有一個感受上的神祕悖論：時間。當你曾進入「寫小說」那孤獨駕駛艙的極速時光，你進入到一個「時間不存在」的曝閃狀態，像電影《露西》，車窗外的種種，可以快轉，四倍速快轉，更多倍數快轉，或是倒帶、停格。然而年輕一些的小說家無法領會的，在那樣的急速時刻裡，其實你的小車仍在一無邊無際的曠野，那麼渺小的奔馳著。十年過去了，二十年過去了，你似乎一直坐在那強光切開眼瞳的駕駛座，然而，像某部滑稽卡通：你所濫操、不理會它存在的這輛車，開始輪圈脫落、爆胎、油管破洞、排氣管脫垂、螺絲釘像奔跑的犀牛沿途瀉痢掉落，車窗開始出現蛛網裂紋……

總之，那就是疾病。

如你所說，那是一張長長的病歷表。我的部分在多處說過：憂鬱症（比較嚴重的幾次，或每年會復發的比較不嚴重的）；失眠（以及為了壓制這失眠，長期服用安眠藥造成的智力衰退及夢遊，以及這夢遊中夜復一夜的暴食而暴肥）；沿脊椎龍骨上下的「整組壞了」。這都只是基本款，直到大腦裡某條微血管終於爆了（其實我十幾年前就曾經「顏面神經傷殘」，有段時間半邊臉歪了），才終於意識到這個車體結構的物理性塌壞。從前我總想四十五歲以後的創作力將逐漸火焰黯滅、爐膛漸冷，一心想著如何對抗這「運動員黃金時光的結束」，拖延它，像冰原裡的落難客拍打自己臉頰不使朦朧睡去，不想竟然是生理上的「餘生」或比想像中提前降臨。

我其實像小孩怕鬼，看恐怖片最值回票價片段即用手遮住眼睛。對於疾病，想只要不去看它，它就不存在。所以我從不去醫院做體檢（除非碰到這種麻煩的病）。一般感冒、胃潰瘍、頸椎拉傷、頭痛、過敏，或甚至現在長期服用的抗憂鬱症藥，都是去西藥房買成藥。我這幾年的安眠藥也是跟一位「藥頭」拿。我特討厭去醫院，那些手續、我那些像夢遊等候較好的時光。或有人警告我：「你這樣亂吃成藥，老了會洗腎。」我想：我應該活不到那麼老吧？如果能活到小說寫不出來的年紀，洗不洗腎似乎沒那麼重要了。重點還是如何在這有限時光中，把能用的管線借來接上，像那些太空漫遊電影裡的故障太空船，借腎補肝，割椅墊堵輪胎。這個隱喻延伸出去，可能以我有限求生的小說創作，因為活在這個時代這個島嶼這樣的文學環境，他不自覺地形成一種「補了」式的和世界連結、對位、攝影，驚豔地攢取、暫存、與使用。說實話，我們承襲的二十世紀西方小說的方法論，其實整個就是大範域的，通過病理學來操作對這世界的理解或回憶。如果那醫院長廊意象的盡頭，是死亡的無解黑夜，或焚化爐的粉塵味兒，則這條小說的長廊，卡夫卡的病，吳爾芙的病，普魯斯特的病，波拉尼奧的病，納博可夫的病，徐四金的病，魯迅的病，張愛玲的病……不是指他們各自的病史；而是透過小說，不同的手術刀，止血鉗，點滴瓶和皮管，割開而顯露的組織，病菌的擴散意象，福馬林氣味或玻璃罐裡浸泡的某截孤立的器官，病房，某種潔白油漆或口罩上方眼神的沉默警告，一種窄促感，一種檔案室裡一格格鐵抽屜裡無數人們關於他們異常的記錄……或是蘇珊・桑塔格的「隱喻」，我們怎麼會不進入疾病呢？肺結核、癌、或愛滋，病毒乃至免疫系統「瘋了」，甚至如你說的憂鬱症躁鬱症恐慌症，甚至像《Doctor House》（怪醫豪斯），疾病成為一種「命運交織的城市」裡管線錯縈，層層累聚其「病態」線索的推理劇場。它們像一座座難回古典時光的大城市，被建構出來描述出來。不再是那「小鎮醫生的愛情」，檢驗室、斷層掃描、病毒培養皿、染色體、侵入身體的超微小金屬器械、抗組織胺或偽裝成不同內分泌的各種毒藥。甚至不是一座醫院意象的「我是這裡頭其中一個病人」，它似乎要穿過那死蔭之境，是更抽象防疫語境，鬼魅無形的SARS，禽流感，伊波拉。

有一陣子我的椎間盤突出（俗稱坐骨神經痛），那個痛，像科幻片的電殛竄流，像只為了懲罰不讓你在書桌前坐下，我去我家附近一老舊復健科診所，結果他們只要我躺上一張金屬機械床，像古代車裂刑那樣把身體上截和下截拉開。醫生的解釋是，在那截脊椎和脊椎間，有一片像貽貝的軟體組織滑出來了，脊椎間少了那玩意當「避震器」吧，那之間的神經叢多而密，所以從腰臀到大腿會疼痛欲死，用那金屬機械床把脊椎拉開，那軟墊又滑回去，就沒事了。我去拉了兩禮拜，還真的好了。說來這種治療的經驗，真是極難得極難得的，古典又幸福的時光啊。

肥

續病

一副病體，簡直就是一部現代主義小說。

董啓章

肥：

病這個話題，很難是愉快的。但對於有自虐狂的文學人來說，卻又總是說得樂此不疲。上次和你談完一輪，意猶未盡，又再來一輪，真是久病成癡了。

你把小說家的病描述成一齣公路電影一樣，驚心動魄，差點教我看得立即焦慮症爆發。廢車和病軀，真是絕佳的隱喻。看來在現世當小說家的前景真是黯淡。有時也會想，自己很可能跑不完預定的旅程了。偏偏又是自己把目的地定得特遠的，有點像橫越整個地球的拉力賽，挑戰各種嚴苛的地形和氣候，結果單單地想像一下前路，就已經是近乎無法跨過的心理障礙。當然，這也是自作自受。誰叫你把賽程定得這麼艱難呢？路怎麼走並沒有客觀標準，你可以跨越五大洋七大洲，但也可以在自家附近的小公園悠轉幾圈。可是啊，自己選擇的是無盡的馬拉松一樣的長篇小說。可以用原地跑的方式完成馬拉松的距離嗎？

有一個說法，認為藝術（包括文學）具有治療作用。我看這種說法完全站不住腳。文學，至少是我們有過的經典文學，雖然和疾病息息相關，但卻治療不了疾病。

只要看看那為數眾多的因病而亡的作家，要不就是他們的作品都不夠藝術性，也因而療效不足；要不他們就應該統統都痊癒，長命百歲。就閱讀的角度而言，看《追憶似水年華》絕對不能治哮喘，看《到燈塔去》不能治精神病，看《城堡》不能治肺病，看《我是貓》也不能治胃病。弄不好的，還會愈看愈嚴重。亞里斯多德主張的滌淨作用，似乎和治病無關。

對待病的態度，我跟你是相反的。你是粗豪型，心急型；我是謹慎型，也即是多慮型。我會做很多檢查，看很多醫生，試很多療法，讀很多資訊。這些往往都是同時進行的，於是就會造成治療的交通大混亂。檢查永遠無法讓人安心。查出你哪方面沒事的，你會轉而懷疑其他方面，甚至懷疑檢查的準確性，或者不信任醫生對結果的判斷。醫生的斷症也有主觀的成分。只靠望、聞、問、切的中醫不用說，就算是西醫，也會因為專業分科，而只從自己的專門領域去判斷。於是你看什麼科，你就在什麼科的方面出事。就像胸痛和氣短這一症狀來說，看心臟科說你心臟有事，看胸肺科說你哮喘，看腸胃科說你胃酸倒流，看精神科說你焦慮症。如果是中醫的話，也有腎虛、胃寒、脾虛、肝火、痰多等等各種的說法。一副病體，簡直就是一部現代主義小說，可以從中做出分歧多義的解讀，而且好像都各有道理。

資訊的發達，好像讓我們更輕易地對各種疾病及其治療獲取認識，從而更加安心，但卻往往反而令病者的思緒更加紛亂，甚至令無病的人很容易覺得自己有病。自生病以來，做得最多的事情就是利用手機上網查資訊。表面上好像對問題增加了掌握，事實上卻令自己更加焦慮。有時覺得自己是這個問題，有時又覺得是另一個問題，來來去去，永無止境地猜想。另一個問題是更容易得到藥物的資訊，於是一收到醫生開的藥單就上網查藥效，結果就對什麼藥都失去信心，因為副作用方面總是說得很恐怖。就算是中藥，也查出許多用藥的顧忌，或者某些藥材的毒性和過去出過的狀況，於是又疑神疑鬼地，偷偷的減吃甚至是停吃。

更多的「知識」反而製造更多的疑惑，也近乎癱瘓了治療的可能性。不斷的參考資訊令人陷入過度的思前想後、三心兩意的困局。一個療法三兩天得不到效果，便轉換另一個，再不成，又換另一個，再不成，又轉回先前那個，兜兜轉轉，循環往復。期間禁不住不停檢視和估算各種出問題的可能性——會不會是錯判？會不會是過量？會不會是不夠？會不會是什麼外來因素的影響？諸如此類，層出不窮。最後，就成了

心猿意馬，藥石亂投。

也許，這一切都是心病作怪。我說的是心，而不是精神，或腦部，也不是心臟。奇怪的是，我們明明是有心的，心也明明在主宰著我們的，但我們卻不知道心在哪裡。我最近看的一位中醫說：心病還須心藥醫。看似是老生常談的一句話，但在我而言，卻變得非常玄妙。因為一直在思考心的問題，於是便興起寫一篇關於心的小說。想著想著，突然就覺醒，不是我要寫一篇心的小說，而是心在寫一篇我的小說。心其實才是小說家，而我只是當中的人物。心要寫一個短篇還可，但心偏偏就像我一樣，喜歡寫長篇，所以，自生病以來已經兩年，而且，似乎還要好些日子才能了結了。

瘦

「病」或是死亡之作為「活著」對立面的，一種不完全態，一種過渡……

駱以軍

瘦：

我父親在二〇〇四年春天過世，一眨眼竟幾十年了。在那之前，他因中風，其實已半植物人狀態臥床三、四年，把屎把尿擦澡餵食，都必須靠我母親和一瘦小的菲籍看護照料。他崩倒進入大醫院體系，大約在不同醫院不同科的病房流浪（醫院人球？）了一年左右。這之間是我哥哥陪伴在床側，隨著他被這家醫院趕出，像倉皇辭廟時推著輪椅上像老爬蟲類一臉迷茫的父親，揹著大包小包護理用品看護墊或保溫杯行軍摺疊椅，後頭跟著小個子的菲傭女孩，再換另一間醫院，掛急診，打電話託關係（看有沒有認識的誰認識的誰有關係，可以和哪家醫院的八竿子擦點邊的誰誰，幫忙弄個病床床位），在街車行人的光影中，且戰且走再決定下一個宿頭。

在現在這個系統化、卡夫卡化的世界裡（網路，電視媒體，ATM，捷運悠遊卡，到Costco刷信用卡買牛排或超大桶冰淇淋或小病痛到小診所使用健保卡，使用超商叮咚叮咚），若不生重病，你不會意識到自己是社會弱勢的一方。事實上，醫院的住院請託，在層層遮蔽、銅牆鐵壁的沒有病床，標準評估不須住院——但事實上你身旁這一歪倒的病患，一離開那幢掌握醫療體系、醫學話語、看護輪班的城堡，你感覺就像魚離開了水澤，只是張合著嘴吐泡泡等著枯竭的孤立無援——於是你才發覺，關係才是硬道理。真的夠力的關係，一通電話，真的像哈利波特，從不存在之境也硬變出一神祕的病床。

　　但是，很多時候，「不夠力的關係」只讓你看到真實人世裡，灰頭土臉或狼狽的那一面。譬如父親在輾轉流浪，從這間醫院被check out之後，我哥哥或我緊急打電話請託的，那擱淺的時光，我們曾在除夕夜，陪著昏迷的父親在那一簾一簾充滿死亡氣息的大急診室度過，天亮時鄰床（都是這裡臨時的可推式擔架床）的老人沒等到醫生，就嗝屁了，真的出現一個職業道士在一旁搖鈴念經，並且後來還有不同家的葬儀公司「搶屍體」而爭吵起來。

　　或譬如一位我父親當年有恩於他的范叔叔，後來聽說生意做得挺大，我們子輩的沒聯繫上父親那輩的人際網，溺水抓浮木，病急亂投醫，父親倒下後我們從通訊錄找到電話，他拍胸脯讓我們安心，說那時榮總哪個科的主治醫生，或哪間教學醫院的院長和他一起打高爾夫球的。但照著他給的名字，掛號，以及暗中推開那道「已打過通關」的門，發現一切冷硬照健保規矩。報出那叔輩的名，對方一臉莫名。一再打電話去，電話已從此關機接不通了。

這樣的領會，也許距我們二十多歲時，在一密室像隱密植物草莖，長出那時如黃錦樹所謂「內向世代」的小說，那夢遊者般的人，那像布魯諾・舒茨筆下的神祕的人，那像法國新小說的打散成水珠灑進空間裡的「敏感的知覺」……已注定要遠行了。透過父親的病，好像剝開金屬洋蔥，打開不同檔案的小格，作為一種對我所置身的時代、城市、蛛網網絡所在位置的漫遊啟動。是的，它是一種通過「病」而出現的原本的演奏樂器並沒有的共鳴箱。那必須在你原本的小說衢道打破個坑洞，爆管，塌落，你好像才多長出來的，外接迴路的人工心肺。所以疾病的小說場域，要作為一嵌入現代意識的大型電腦運算之海，我想無論是展開怎樣的故事，它都是某種意義的「科幻小說」。「在之外」。內部的線路如何密密布貼，仍無法說這個故事。這個「我」透過我們這時代的病，必須被通過那些血液離心篩檢、超音波、斷層掃描、核磁共振、各種藥品的密密麻麻針對症狀或副作用之說明書，或我前面所說「醫院的政治」……被翻譯成另一種存在處境。也許我們曾透過土地測量員、圖書館管理員、校對員、革命軍上校、蝴蝶收藏家、間諜、偵探，或就是某個小說家，或你的「獨裁者」，去重構、發明一個現代異化的世界，它變成另一層面的說故事了。很像《星際效應》，他們在無限遠的另一星團的完全陌生星系間，憑空重搭建一個生存的模型（或根本只是一組傳輸的龐大訊息波）。沒有過一個時刻，探勘人類存在處境的「小說」（或所謂「寫實主義」延伸下來的，背負對歷史和現實批判這意念的小說），和「科幻小說」距離如此之近。

「病」或是死亡之作為「活著」對立面的，一種不完全態，一種過渡，一種如同柏格曼《第七封印》那武士和死神下棋，以拖延、說情、阻礙死亡那麼輕易的降臨。這似乎也正是我們進行著的「（現代）小說」，所做的事（如昆德拉所說，那個武士，或作為塞萬提斯大冒險的騎士，已不可逆的都只能是卡夫卡筆下的土地測量員K了）。作為那「終將將所有意義吞噬進黑暗和空無的死」之前，無限張開，繁簇綻放，橫向擴張虛構之境的「和死神的協商」。對於活著這件事來說，它已不可能再是那「正常」無有變態的活著了；兜回你所說的「一副病體，簡直就是一部現代主義小說，可以從中做出分歧多義的解讀」；「俗語說『同病相憐』，我看更多的時候是『同病相羨』，甚至是『同病相爭』，好像要在誰病得更厲害上面較勁，又彷彿病情的輕重隱喻著某種文學價值」——我的看法比較是：因為現代小說是這樣一件違反古典「人」、「自然」、「時空間感」，像在幾萬哩外的外太空檢修太空船的線路，或穿著厚重防護衣進入核爆後的非人之境，或深海下的潛水夫，或進入地心熔爐內的探勘者……這件活兒高輻射高爆高速高強度，長期在一變態的扯裂解離或「人格分裂的操練」，在心理層面是必然、自找、難逃那你我同業們的職業傷害的，只是那些極限運動員撕裂的是膝蓋、腳踝、肘、腕，或肩關節；我們傷的，是渺小個體想吃下這世界的噩夢，那個終被光爆電擊過後，焦黑的腦中線路吧？

肥

星座

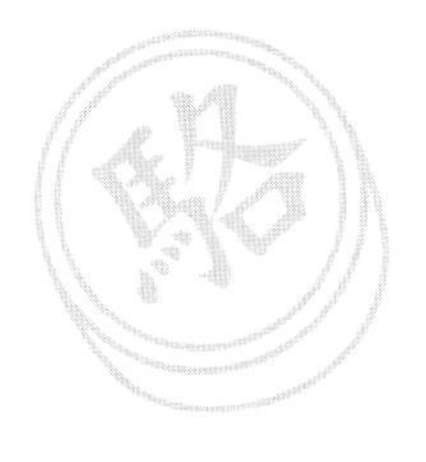

那些事情好像久遠以前已發生過無數次的夢境，你終會傷害心愛的人，只因你靈魂的形狀是如此這樣……

駱以軍

瘦：

星座這玩意兒我覺得真準。但「準」是啥？它的仿心理學式直指你性格內在形狀、對位、圖描、隱喻，總之，一種心領神會的描述，但又不那麼建築學、幾何結構嚴絲嚴縫的尺標。

譬如我到現在與年輕創作者在咖啡屋初次相見，常順口先問：「你是啥星座的？」好像手中先有了張設計草圖或路線指南，對方的言行、他說的奇想怪事、他的身世、他討厭啥喜歡啥，或怎麼結構的討厭喜歡、動態或靜態的討厭喜歡，或一陣風一陣火還是曠日廢時像水滴穿石的討厭喜歡，他做不做作？難搞不難搞？說的承諾是一分三分還是七分九分的當真？

他為何會變臉如翻書？或只是某種自我戲劇化使然？如果我遇到某些被愛辜負、摧毀、不成人形的女孩，現在的我會先想知道，「那是雙魚的夢境剝解？還是天秤的天衡破碎？還是就牡羊的愛嚷嚷我好痛？」當然這都只是遊戲，且最初階的對星座的理解。但我還是覺得準。

就是你不把它當真，它還真像幽靈，眼皮下閃爍的碎光影，就還真浮晃存在在時光中，各種深淺關係的身邊人的行為性格中。即使時光長到，親人如我母親、妻兒，關鍵時我還是抓抓頭，「噯你就××星座的」。這些年林林總總遇見不同的按摩阿姨，我趴那兒，第一句問的，總是「什麼星座的？」然後就兩小時故事自動開啟。我和她們皆不熟，有的就一面之緣，但那些阿姨們，悲慘的，樂觀的，讓人尊敬扛著一大家子經濟的，或年輕些就像張愛玲〈桂花蒸阿小悲秋〉那底層女孩的……她們各自說自己是啥星座，再展開身世，對那些處境的感嘆或評價，我還是覺得準，就是她們說的那星座的想事情方式。

也許在某種心智訓練上，星座的話語是像我從無知時讀霍金的《胡桃裡的宇宙》，它是一種憑空的，在大腦畫屏上想像出不是既有經驗能平面長出的抽象模型。

它終究是一本科普書，即使我覺得我頓悟或理解那所有章節的，關於時間膨脹，黑洞讓訊息消失的討論，膜宇宙或事件視界……我終究沒讀過（或也無能力讀）那後面無數的論文，我會在另一本科普書和另另本科普書，或再遭遇這些名詞或概念，但我終不是物理系學生，我的憑恃：我還有餘生可以好奇求知，那可以在「知道」和「可操作，並創造」的巨大空洞間，再放進參照系的知識碎片。但你知道它和歷史學或化學不同，它是一個非常複雜，模型建立的同時那些暫時標記出維度的直線弧線就在模糊消失。它很像佛教唯識宗說的「假諦」：暫時設定一個現有語言難以直接描述的遊戲牌，然後用它來朝空無或亂數做更複雜的掃描。但你知道它是遊戲，暫時借來的。

其實這樣的結構，有點像中國的紫微斗數用《封神演義》的人物來擬人那些命盤主星的性格；或將水滸人物或《紅樓夢》金陵十二金釵，變成鬥牌或書籤，也就是現在的遊戲卡；《火影忍者》，《灌籃高手》，《神奇寶貝》……

它們似乎是為了發動故事，但這些故事似乎猶帶著希臘神話人物的精神力量，與命運的糾纏，一種比現代心理學話語更自由如巨鯨擺鰭的神祕景觀。更樸素，更任性，更沒現代學科或城市邊界對想像力的箍限。你如果是要問命運，我覺得它的詩意暈染比中國的紫微或八字，要觸鬚亂長，暈染漫漶（因此可能不那麼邪門的準），但這樣的離題，恰好將你作為渺小人類，對遭遇命運的惘惘恐懼，放進一個好像幾何學組構的傳導模型裡，你將之描述進「靈魂」的不同顏色形狀的流動介質裡，那些事情好像久遠以前已發生過無數次的夢境，你終會傷害心愛的人，只因你靈魂的形狀是如此這樣……

你看這是我從網路抓下一個叫「天隕占星工作群」（http://blog.sina.com.cn/uranus2000）上的一段關於「冥王星在一宮」（我就是這個宮位）的描述：

「在行星符號學當中，冥王星的符號由上到下，是一個圓圈一個圓弧和一個十字，圓圈是太陽的意思代表意志，圓弧是月亮的意思代表情緒，十字則是地球的意思代表物質。非常值得一提的是，冥王星是行星符號學當中，唯一一顆沒有緊密連接的星，代表太陽的圓沒有連接著月亮，而是完全飄浮於月亮之上，也因此冥王星的第一個意義，是意志完全獨立於現實與情緒之上的意思。也因此冥王星的第一個意義在於決斷，也因此當冥王星進入第一宮時，帶來的是個性上以及運勢上的極端，因為冥王星所具備決斷的意義，是不在乎現在的情況是否適合，也不在乎自己或是他人的感受是否可以接受……」

我覺得好準啊！有一段時間我簡直著迷流連在這個網站，逐條讀他寫的各行星降落在哪一宮位上的描述。

另外，你看這段說「太陽在八宮」（我也是這個）的描述：

「因為太陽是一個跟意志力有關係的位置，也因此當一個人的太陽在八宮的時候，這代表的是這一類生命和死亡的事件，將會在他的意志當中殘留……這將會讓一個太陽在八宮的人，在比一般人都還要小的年紀，就去感受到一種黑。對太陽在八宮的人來說，這種黑是一種很慘痛的經驗，因為太陽在八宮的人跟天蠍座屬性的人的類似之處，就是在於他們對於自己想要的東西，跟自己想要的世界，會出現靈魂性的現象。」（這多像在描述福克納、杜斯妥也夫斯基，或葛林的小說？）我覺得它的描述美極了，就算它是唬爛的，我也甘願進入那唬爛的密林唬爛的燦爛星空。

作爲雙子：我不是你所想的那樣。

董啓章

肥：

我對星座的認識近乎零。由此可知，我對星座的興趣也十分有限。但我不會說星座完全不可信。而且這次的題目是我出的，這表示我很想聽你談談對星座的心得，因為我知道你是這方面的專家。你說你認為星座很準，我完全相信你的話並無虛言，因為這肯定經過經驗的印證。但是，作為一個對星座既無認識也無經驗的人，我對星座本身還是未敢斷言。

像我這樣的一個星座無知者，寫這個題目注定自討苦吃。我懂什麼，能說什麼呢？特別是在你這位星座堅信者的面前。我既無資格附會說星座怎麼準確和意義非凡，也無資格說星座只是些騙人的玩意。我只有像個愚蒙之輩一樣，去求取一些星座的入門知識。又因為我身邊並無高人指點，就唯有在網路上搜尋相關的資訊。我是雙子座的，所以便在谷歌搜尋器上鍵入「雙子座」，出來的是幾個主要的星座網站關於雙子座的解說。

「百度百科」是這樣說的：

「雙子座的人喜愛變化，不可能同一時間只做一件事情，五時花六時變，心不在焉；雖然擁有些小聰明，但不專一，往往流於膚淺，持久力又低，成功很難，可以說是理性但不安的星座。雙子座的守護星水星是使者之神，會刺激智慧，但也會令人產生挑剔、緊張的情緒；不過雙子座掌握溝通，所以雙子座的人善於和人相處。雙子座的人可以不停說話，和他們談情最好的方法就是聊天。

「不要以為雙子座的人花心，只是他們的不專心影響你的看法，他只是貪新鮮和喜歡吸收資訊，這樣他們才會覺得快樂。

「雙子座的人反應靈敏口才一流，天生善於胡編瞎湊而且不著痕跡，絲毫沒有狐狸尾巴可以露，一面說謊一面對你曉以大義，再加甜言蜜語，有聲有色。如果想騙你到外地旅行，連山上的小花小草都會編得活靈活現呢！一路說來天衣無縫鮮龍活跳，最厲害的是：通常，他一說完自個兒就會忘啦！

「或許你眼前出現一個雙子，你與他並不熟或並不認識，但在他交談姿態之間，或許是面部傳來的氣息、或許是他走路氣質與魅力會吸引到你，讓你對他有好感，不要認為這是他自身無意就有的魅力哦，絕大多數情況下，都是雙子座在做一件事時而下意識地有意傳達魅力吸引到你，所以他往往會用餘光注意到你，有心機吧！

「我們都不得不承認，他真的很可愛，腦子裡裝滿了千奇百怪的新鮮點子，談話中盡是幽默和機智。如果你在一個社交場合遇見他，你真的會很容易被他吸引，他總是妙語如珠的逗得大夥兒很開心。他的態度親切自然，一點都不給人壓迫感。從政治、人生，到黃色笑話，保證絕無冷場。跟他在一起真是有趣極了。

「但是，如果你是個占有欲極強的女人，我勸你趁早死心吧！否則氣死自己是遲早的事。想要他每天一大早向你報告行程，讓你隨時找得到他，幾乎是不可能的。就算你事先知道他的行蹤，這一天當中也會有太多事情可能讓他改變原先的計畫。他是『雙子』座的！兩個腦袋加在一起，念頭當然會轉來轉去，讓人捉摸不定咯！」

我之所以引了這麼長的一大段，並不是我想偷懶，而是說得實在太「準」了！不過是反面的「準」。只要大家每一點都從相反的意思讀上面的文字，大概就可以知道我是個怎樣的人。

另一個「十二星座百科」網站有下面的說法：

「好玩、好動、好奇，使雙子座像一枚跳動不休的火焰，時強時弱，卻永不熄滅。他們精力旺盛，對工作認真，對朋友講情義，對事業野心勃勃。但是他的情人，卻常被他弄得筋疲力竭，他的家人也常因他的情緒搞得雞飛狗跳！為什麼呢？雙子座無法忍受一成不變的關係，固定的事物使他衰老得極快，也使他所愛的對象衰老得極快。

「雙子座是最有趣的情人。愛情的遊戲，他不玩不厭，並且花樣層出不窮，你若不能與他一起享受這個類型的愛情氣味，不如趁早打退堂鼓吧。婚姻？這種被法律保障（也可以說束縛）的情感關係，對雙子座的人而言，實在乏味。但他不是那種從小就抱獨身主義的人，只不過一旦離了婚就很難再婚罷了。」

老實說，我多麼希望自己真的是那麼有活力的人！而關於愛情和婚姻方面的表現，就要問問我妻子了。

你可能會罵我不認真。上面這些很明顯是些通俗的、不入流的星座閒話，完全搆不上專業水準，和你愛讀的那種文學性和哲理性的靈思祕想根本不可同日而語。那是

對的！我無意跟你唱反調。但對一個胡亂出題、無以為繼的人來說，唯有出此下策，以錯為對，從反入正了。

如果雙子座的根本特徵是雙重性，或者是明暗面、正反對的話，上面所引述的判解也不算盡錯。至少，它說明了，作為雙子：我不是你所想的那樣。

瘦

生肖
——我們這些可憐的羊

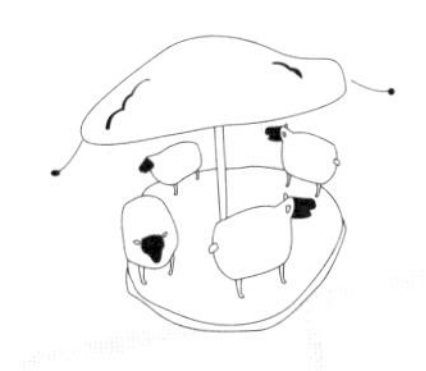

運可以滯，煞可以擋，凡事都存在變數，都存在例外。

董啓章

肥：

我對生於羊年一向沒有特別的感覺，也從來沒有從命理方面去關心自己每年作為屬羊的運程。可是，今年我卻意識到「本命年」或者「犯太歲」之類的說法，也不知是否因為自己最近身體持續不適，還是已經到了四十八歲這個關口的緣故。說四十八歲是個關口，其實也沒有特別理據，純粹出於直覺。十二歲進入成長期，是個分界點；二十四歲大概是大學剛畢業，離開相對單純的學習年代，進入複雜的成人世界打滾；三十六歲似乎沒有什麼標誌性的特色，勉強說就是步入中年，或者在這左右結婚。無論如何，我們很少會把這幾個年分說成是關口。六十歲呢？對上班族來說就是接近退休年齡吧，但對我們寫作的人來說，除了數目上比較工整，似乎也沒有太大的象徵意義。至於七十二歲，唉！能活到七十二歲，還說什麼關口呢？簡直就是超額完成，等著到終點吧。

好了，回到四十八。為什麼會覺得四十八歲是個關口呢？以現在的平均壽命來說，四十八又不是一半，而約略是三分之二了。但別小看這三分之二，它比一半或者二分之一更為關鍵。做事做到一半敗了，叫作半途而廢，本來已經不是太妙；如果去到接近尾聲，差不多要收成的時候，才無以為繼或者戛然而止，叫作功虧一簣。一般說人生的成就，去到六十歲已是結帳買單的終點，餘下的到七十二歲如果還有進境，就已經是bonus。所以，那個功虧一簣的摔跤點，大概位於四十八歲至六十歲之間。以這個方法推算，四十八歲似是個關口。

事情可能出於本末倒置。因為我在這個年紀遇上了身體不適，身邊的許多人就以近似的例子來安慰我，頻頻說某某和某某也是在四字頭的末段接近五字頭的時期，生起一場大病或遇上什麼變故，只要過了這關便沒事。當然，這些某某的例子都是過了關的。我當然知道，過不了關的也大有人在。其實這個所謂關口的門檻也很闊，從四十尾到六十頭，感覺都好像是壯志未酬、心願未了的年紀。不過，四十八是個約略的起始點。這短短兩三年間，和我同齡或比我稍長的文學人和文化人也去了幾位，不能不教人覺得，自己也已經步入地雷陣。

自己生肖所屬的年分叫作「本命年」，這個描述十分中肯，但為何本命年會「犯太歲」呢？如果每逢回到自己出生的生肖之年就是犯太歲（當然其他年分也會犯太歲），那麼人的出生本身，就是對太歲星君最大的冒犯了！就小說家的角度而言，太歲星君其實是個虛構出來的角色，是因為古代歲星（即木星）的運行不夠規律，人們便發明出太歲這顆虛擬星體來紀年和占卜，規定它每年運行三十度，十二年繞天一圈。而太歲本來是君星，是尊貴之象，本來應做下民的守護神，但因為貴為君位，又成了一個不能冒犯之象，結果反而變成凶神。

也有朋友安慰我說，所謂「犯太歲」其實並不一定代表會交厄運，而是這年自己會產生較大的情緒波動，並且面對比較大的外部轉變。所以其實只代表一個挑戰，一個提醒，而不一定是壞的結果。星相命理這樣的東西，當然有很大的詮釋空間。運可以滯，煞可以擋，凡事都存在變數，都存在例外。其實我自己也不真的從命理方面考慮，相反，一切的擔憂可能都是出自生理的因素——作為一個四十八歲的人，身體走下坡的跡象已經無可否認了。

我還沒有說到羊。屬羊自小就沒有帶給我太強烈的感覺。一般而言，大家也會關心星座多於生肖。星座按月而分，變數較多，在同齡者當中，至少有十二種差別。生肖這東西，如果在同屆的人身上，完全沒有區別作用。倘若今年旺虎，難道全級同學都考第一？如果今年滯羊，難道所有同齡者都生意失敗，或者身患頑疾？舊同學聚會的話題可就單調了。不過，在不同齡或不同代的人之間，生肖也可以有有趣的一面。父子相旺還是相剋，夫妻相配還是相爭，都可以編出許多故事來。而且這些配搭可以年年不同，歲歲新鮮，命理學家才得以口舌生花，客似雲來。

其實提出寫羊年，只是有兩件事想說：一，我和你都是屬羊的，如果命理之說真的準確，我們就有福同享，有難同當啦。二，我妻子是屬虎的，所以我常常說，我是送羊入虎口啊！

瘦

作爲流年標示的生肖，感覺是一群莊稼，磨坊，穀倉，水圳，要嘛是養來殺的，要嘛是勞動力，要嘛也是陪伴動物，荒年時統統可以吃。

駱以軍

瘦：

農曆年節和妻子備禮去給從前的一位老師拜年。老師已七十過半，仍精神鑠鑠、思緒清晰。我們坐在他堆滿書、稿子的工作桌旁，泡茶閒聊，聽他說了一段去年去大陸發生的奇事。

應該是兩三年前，老師帶著他做民間採錄故事的學生們，透過朋友的介紹，到河南某個荒涼農村裡，見一位五十多歲的農民。這個農民（姑且稱之為老劉）講述了一個他小時候所見奇怪的故事：他原本是山陰腳下農家的孩子，但因大饑荒，被送給山陽那面半山腰的一家樵民作養子。那時候的人有情有義，每逢過年，這養父會揹個簍子，裝些野菜蕈菇木耳之類，帶著他抄近路往山頂走，翻過山的那一面，再順坡而下（有點像飛機不繞著地球同緯度對飛，往北極飛再南下的概念），讓他去見見親生父母。大約八、九歲時，養父病倒了，於是由他自己走那趟山路。他是天沒亮便出門，到了山頂上，晨曦初現，對面群山還隱在黑紫色的影廓中，那時，恰好在日出而將山稜線似乎鑲上一層薄金的神祕時刻，他看到對面山頭上站著五個巨人。

因為後來的一生，也就是個封閉山裡的農民（所以表達能調度的語言有限？），那時也是個孩子，大人們似乎都只要求能吃飽就是奢侈，臉色憂惶的和這世界卑屈乞求一微弱的「活著」這件事。所以無從復現，他在漫天玫瑰色的黎明朝霞的山頂，看見那五個在對面山巔和他對峙的巨人們，那神祕時刻的一切細節。他們是穿著盔甲嗎？是一式同樣的站姿（像宮崎駿《天空之城》裡那孤寂守候廢墟的機器人）？或是或坐或站，看得出五人不同的性格？那只是朦朧的灰影，或是清晰可見他們的眉眼和臉部的細節？

總之，等到他又從山腳親生父母家返回養父家，重站在那山頂上，天色已漸黯，那五個巨人似乎離去了，溶進那蜿蜒起伏的山稜線的濛曖光影裡。

他（別忘了還是那小孩）回家後，跟爺爺提起這一奇事。他爺爺不以為奇，說這附近山裡老一輩居民，都知道對面山頭有五座巨石壘起的「老祖宗的玩意兒」，也不是山神或祂的侍衛，但好像久遠傳下來的說法，那是遠古時觀測氣象用的。

等到再過幾年（或是十幾年？），文革鬧起來了，他們這偏遠山裡，依次第傳遞，過來時只剩碎波了，但即使如此，農民也跟著「破四舊」，大約那五堆巨石陣的一粒粒西瓜大小的圓石，都被不知怎樣的光搬空（去蓋房了吧），那之後很長的一段時光，對面山頭哪有人」的一絲影子，或許只是他少年時的一場夢？

後來他父親生病死了，爺爺沒幾年也過世了。現在他也算是個老人了。

我老師說，這事被在二十一世紀第一個十年過去了的此時，又被當件事，要從那虛無空荒之境裡，大張旗鼓的挖掘，當然跟中國現在富了，「中國夢」，似乎一個巨人開始低頭在自己原本空洞的身軀找各處刺青：各省、各縣、各地方瘋狂在找「觀光資源」有關，那些曹操的墓、楚漢爭霸韓信點兵的古戰場遺址、楊貴妃被譁變士兵絞殺香消玉殞之橋……這些那些，找不到的，就虛構一個，這不是連虛構小說的孫悟空的後代都出現了，還是個外貌亮麗的小模？荒山野嶺無名人墳可挖，經典名著不曾青睞的，只能乾羨慕窮瞪眼。

好了，現在，突然這禿山窮地，有人在一個山頭發現了一個遺址，還散放著幾顆沒搬空的大圓石，一看就他媽是遠古的，有來頭的，但非墓非碑非宮殿（不可能跑來這山頭蓋個石頭城樓），有點像祭壇或烽火台嗎？找了縣城領導，大學教授、地方文史官員組不同隊伍探勘，眾說紛紜。

接著在隔鄰山頭，發現另一座一模一樣的石基遺址；接著第三座、第四座、第五座，分別在五個山頭上。若是古人，那上山再下山的實際空間距離其實頗遠，必須以一「非人類」而近乎神祇的視野，才會在那相近高度的五個山頭，分別搞一個同樣的這地基工程。

但那是什麼？

有人想起曾聽這老劉說起，小時候在對面山巔望見「五個巨人」的故事。於是輾轉層級，找到村委，把那沉默老實的老劉找來這會勘團隊的會議處。

我的老師恰好在那次的會議上，他靈光一動，想到了《列子》上極短的，曾提了一句關於伏羲的記載：「仰觀象於天，俯察法於地」。就是在遠古，這個從漁獵時代跨入農耕時代的天才（當然可能也是後代的虛構附會），體會到掌握「節氣」之精準時間刻度對耕作收穫的重要性。那不是五個巨人，而是五座山頭上，大石堆疊而起的觀察標的，最左最右那兩座，分別是立春和冬至，中間三尊，各擁「春，冬」、「秋，夏」四個節氣。為什麼還少一個，那必然是觀測點。於是發動探索隊在山下平原處搜尋，果然找到了「第六處」遺址石座基地。他們做了測試，在冬至時刻在那第一尊「巨人」（已空蕩蕩無一物）處立起一高竹竿，等著，果然，那一天的日出，第一道曙光，不偏不倚，就從那個山頭的方位，不，刻度，像鑽石般的射出。春分那天又做了一次測量，不偏不倚，像魔法一般，太陽從那第二尊巨人原該站立的那細緻垂直線，乖乖升起……

我老師說：這之後就不關他的事了，他幾乎可以看見：原先一片荒涼的荒山野嶺，接下來是幾百億的開發案湧進：「伏羲觀天象遺址」，一定會無中生有「伏羲女媧野合之處」，「中國古代氣象博物館」（想想中國正在發射北斗衛星或嫦娥登月艇，多需要這樣一個遙遠祖先名字的夢境象徵），可能會有電視劇組甚至影城的搭建，各種度假村、大型遊樂場、五星飯店……

生肖裡，鼠牛虎兔龍蛇馬羊猴雞狗豬，除了第三放個老虎，第五放個

神話的虛構的龍。其他，基本上都是農家裡親近的動物，牲畜。因此可知我們所從出的這整個文化，作為流年標示的生肖，感覺是一群莊稼，磨坊，穀倉，水圳，要嘛是養來殺的，要嘛是勞動力，要嘛也是陪伴動物，荒年時統統可以吃。但我好像對作為流年的這些小農經濟動物，反缺乏像宙斯、雅典娜，或天蠍啊雙魚啊獅子座射手座等的想像力。但我們一樣在過這樣的年，這其實也正是我們是如你《學習年代》那樣的，距父祖輩離開農田土地，被「現代」移形換位的一代了。

肥

回憶我的婚禮

在這個充滿世俗歡樂的一天中，唯一一個完全沒有俗氣的人，是我妻子。

董啓章

肥：

婚姻是不是神聖的，我不知道，但婚禮卻肯定是一件俗事。就算我的結婚儀式是在教堂進行的，但結婚當天由早到晚的一系列活動，根本的意義就是做給人看的。當然，我並不反對這一層意義。事實上，結婚當天是我一生中最努力地做一個俗人的一天，並且為自己能好好地完成這件俗務而感到沾沾自喜。

一切結婚要做的俗事，我們都做了。由早上糾集一群兄弟去女家接新娘，在女家門口被一群凶狠的姊妹留難，又要唱歌又要作詩又要做掌上壓又要讀那肉麻的愛的宣言，到向雙方家長下跪斟茶，新娘換下中式裙褂穿上西式婚紗，又立即奔赴教堂行禮，然後再安排全體親友到酒店晚宴，宴席上不免又來一輪玩新人的遊戲，和一些感人的致辭，最後恭送賓客離席，終於結束了整天的表演，拖著極度疲累的身軀但依然亢奮的精神，回到酒店安排的住房。我們的兄弟姊妹很識趣，好像沒有怎麼鬧新房，只是做做樣子擾攘了一下便放過我們了。整個過程在我的精心安排之下非常順利，沒有出什麼岔子，所有人也甚為歡欣愜意。

看來是個很平凡的婚禮對吧？做的都是些別人會做的事，沒有什麼跳降傘潛深海之類的驚人之舉，也沒有即席賦詩揮毫彈琴畫畫之類的文人雅興（早上接新娘時被迫即興所作的詩是爛詩，不必多提）。不過，從某些微妙處看，我慶幸我們還沒有俗到底。比如說，我們當天的拍照工作是由我的一位舊學生負責的，而幫忙錄影的則是一位藝術家朋友，結果都相當令人滿意，免除了聘請專業人士的商業味道和公式化，有比較人性化的自然和粗糙質感（不過，結婚前拍的一輯影樓照，我們還是不能免俗地去了一間這方面的專門店，結果拍出來的都好像不是我們本人似的。那幅油畫式的結婚照初時還有掛出來，搬家之後一直藏之高閣了）。我們訂晚宴的是一間小型酒店的中式酒家，沒有一般人選擇高級酒店宴會廳的那種豪華排場，卻多了親友相聚的親密感。晚宴的男女主持人都是雙方的多年好友，不會有專業主持人那種虛假的腔調，說起話來氣氛也更熱切和暢快了。

我又慶幸當時（是一九九七年）還未流行製作一對新人成長和交往的DVD，並在婚宴上播放。這種影片例必以惹人發笑的童年照片開始（通常和當今本人差別極大），然後是好像某種情感證據般陳列出來的兩人歷來的合照。有些經歷了愛情長跑的新人，此類照片從讀書時代開始，步入社會工作後繼續，當然也少不了多次同遊異國，作為邁進婚姻關係的前奏，整個過程橫跨達十年的時光；但有些閃電結婚的新人，這方面的記錄就難免零落。至於播放的時候配以什麼愛情名曲，那就不在話下了。每想起如果當年自己也做了這些，都不免頭皮發麻。以今天的標準，我和妻子的婚宴，也可以說是簡單而低調了。

酒席上的遊戲，往往是婚宴令人最為尷尬的部分。有的過於粗鄙低俗，令場面變得不堪入目，有的幼稚無聊，毫無可觀之處，造成了台上台下互不相干各自喧鬧的場面。也許是地方小的關係，加上主持人都很懂說話，我婚宴上的遊戲環節竟然得到來賓熱列的反應，令我有點始料未及。世俗而不低俗，給大家帶來歡樂，也沒有為一對新人造成太大的折磨。連這個最沒把握的部分都令人滿意，我心目中的婚禮也就近乎完美了。

在這個充滿世俗歡樂的一天中，唯一一個完全沒有俗氣的人，是我妻子。嫁給我當年，吾妻二十三歲，剛剛大學畢業，還沒有正式工作，基本上是個未經世面的女孩子。而我三十歲，卻同樣未曾正式打過一份工，只是胡亂地寫了好幾年東西。沒錢、

沒房子，沒地位、沒社會經驗，從世俗的觀點看，我們兩個是沒有資格結婚的人。但是我們結婚了，而且以世俗的方式。我擔當那個安排這一切的俗人，耗盡我僅有的積蓄，讓我妻子體體面面地出嫁了，讓她可以單純而快樂地做那個年輕而漂亮的新娘子。當然，時移世易，後來我妻子漸漸成熟，在工作上獨當一面，在家裡也成為了經濟支柱，於是就反過來變成了我仰仗她的支持才能寫作下去的局面了。不過，這已是後話。至少，讓我緬懷一下，我還是一個擔當一切的大丈夫的那天吧！

瘦

我那時太年輕了，現在的我一定可以扛著全場的不耐煩，只要讓老爸講個爽，又如何呢？

駱以軍

瘦：

我的婚禮是辦在台北那年代地標之一的圓山飯店。哈哈，我是窮鬼為何會在那裡宴客呢？因為好像圓山飯店那年的前一年發生一場嚴重火災，作為標誌的金色中國古宮殿的屋頂被燒了個幾乎占一半的大黑洞，當時打了非常低的折扣。我老婆娘家是澎湖人，許多婚禮的習俗非常講究古老的傳統，譬如納采、訂婚、下聘（真的要準備古禮的十二項禮，給新娘子的從頭到腳從帽子大衣裙子到高跟鞋當然還有金項鍊手鍊戒指這些，每件衣服口袋都要塞紅包，兩家親人都要贈禮，我父親自己也沒見過這陣仗，拿了他珍藏的硯台送我岳父，而我岳父則送他一套非常好的西裝料）。當然最重要是聘金，大聘（扛去撐場面讓女方有面子，之後會退回，我媽要立刻把它存回銀行）、小聘（要收的），三牲（雞、豬、牛），台灣的習俗只是個象徵，豬肉就帶一塊三層肉即可，但我父親跑去西門町一家專賣正宗金華火腿的老店鋪，買了一條半人高的巨大醃火腿，我們還去買紅紙把它包紮起來，我記得提親時我扛這大火腿進我老婆娘家，把我岳父嚇了一跳。

我和我爸好像盡花心思在這些沒意義的小事，包括迎娶的車隊（我們去出租公司租了一輛那種車頭綁花帶的新娘車，另台灣的習俗要前面有六輛前導車，通常有錢人是六輛賓士，我是外省第二代，沒啥親戚，當時東找西湊我一些哥們，拜託他們開他們的車來頂一下場面。但那時哥們都三十出頭剛出社會，有開車的也都是些不稱頭的爛車，感覺我們這迎娶車隊，好像癩皮狗拼裝大隊喔）。迎娶那天，要六男六女陪同，良辰吉時，車隊在小巷穿梭等候，犯不得一點錯。我還找了我一最好哥們，當「車隊動線總指揮」，當時那個緊張怕出錯啊！哈哈，但我根本整個大學研究所是那種躲在出租宿舍孤僻念書的宅男，哪會這些，當時真的像陀螺亂轉整個都暈了傻了。我家這邊，人丁單薄，最樂的是我爸，迎娶那天他什麼正經事也不幹，要我去公賣局買一種金門陳年高粱酒，他把它們倒進兩只大酒甕裡，婚禮晚宴他就抱著那兩罈酒去飯店，感覺要趁此一戰拚倒他那些老頭朋友。

那天我們男方迎娶車隊到女方家，一下車他們就燃放鞭炮，一屋子都是他們澎湖來的親戚，一進門我們全都一人一碗甜湯圓，滿室此起彼落的吉祥話。我老婆穿著新娘白紗，要拜別父母時她真的哭得超傷心，我在她旁邊還想：「不會吧？難道你其實不想嫁？」媒婆在旁說：「愈哭愈旺喔。」離開時，真的有拿水盆潑水到地、丟扇子，這些習俗。到我永和老家時，當然也有這邊等著的小孩開車門，捧一小盤，上放一顆橘子一碗甜湯圓，說吉祥話，不能讓新娘子有來陌生地方的委屈之感。也是一下車就鞭炮放不停，我媽還不知哪兒向誰借了兩只大紅燈籠掛在客廳，但我家那老屋實在太破舊窄仄了，我們婚後也沒住家裡，仍住陽明山出租學生宿舍，但一定要有一「新房」，便拿我老爸的臥房頂充一下。我們去萬華龍山寺那兒的老佛具店買了一幅金絲銀線桃紅翠綠刺繡的「八仙彩」，掛在那床頭，其實下方拿塊紅布蓋著床頭櫃我爸的那些老人瓶瓶罐罐的什麼高血壓藥啦維他命啦痱子粉啦，還去買了紅床單、紅被套（但其實那是我老爸的老人床啊），找一位教我現代詩的老師翁文嫻師丈劉高興，他們的小男孩來幫我們滾床，但習俗說要屬龍的小男孩，這孩子不屬龍，於是要屬龍的我哥也一起滾床。

總之，在我家這邊，一切顯得有種混水摸魚、胡鬧之感。空間裡都不是親戚，全是我的人渣哥們來幫忙（之前當迎娶車隊），因為他們跟我老婆也熟識，所以一片混亂中，我老婆很像穿著新娘白紗這晚這齣戲的劇團女主角，並沒有真實孤身畏懼之感吧。

還有我阿姨和幾個我媽的同事，這邊很混亂，拜完祖先，大隊人馬就趕去飯店（新娘子要去化妝，而我和我的哥們要去會場入口接待各路來婚宴的親友）。我日後回想，我父親就是在那個晚上，我的婚宴上，洩漏出他進入阿茲海默症的祕密時光。當晚他的身分是主婚人，當前面那些貴賓先後致過辭，輪我父親上台前就麥克風發言時，他竟足足講了半個小時（可能更長）。他從一桌桌哪位哪位介紹起，說著他和他們在生命不同時期的交情、往事。台下各桌來賓後來可能聽這落落長的演說，不耐煩了，又餓，整個禮廳充滿一種嗡嗡轟轟所有人在下面聊開，或玻璃杯碰撞的聲音，那個集體浮躁的聲音，幾乎蓋過我父親拿著麥克風的演講。當時我真覺得羞愧欲死。後來我們看當時別人側拍的VCD，那時，我父親像個孤單的胖寶寶，滿臉通紅站那講著，他陷在自己不知怎麼結束的演說。而站他身旁的我媽，我老婆的爸媽，證婚人和介紹人，大家的臉都非常臭。站在台下的我（身旁站著一身白紗的新娘和小花童），我的臉像要衝上去拿乙醚摀昏他。我父親是個愛熱鬧的人，那時他已退休多年，慢慢垮掉了，我的婚禮變成他人生最後一場站上舞台演重要人物的大戲（他自己的葬禮他便無法致詞了）。當然後來我也頗後悔，其實我那時太年輕了，現在的我一定可以扛著全場的不耐煩，只要讓老爸講個爽，又如何呢？

那個晚上，如今回想，於我還是如夢似幻，像演一齣超過我的能力、風格的戲。整個過程我只是怕出錯出醜，場面上全是我父親一生的老友（全是一些外省老頭），我岳父一生的老友（全是一些本省阿伯）和娘家澎湖那邊大批的親戚，當然還有少數我媽的同事，還有更少的我和妻子共同的同學。我的超高濃度腎上腺素似乎只為了怕讓全場中我不知的誰誰誰生氣。我說不出那裡頭有一種非常電影感的悲哀。好像我這一生都在胡鬧，連最震懾莊嚴的這場大戲，我也拚了勁做好它，但最終還是不知怎麼搞的像個喜劇演員。

回憶我孩子出生的那一天

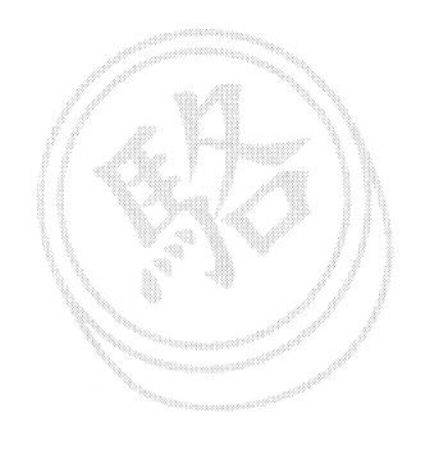

當肉身、身分（父母的兒女）和名字三者毫無間隙地重疊在一起，這時候一個「人」才正式誕生了。

董啓章

肥：

兒子出生那天的感覺，事實上是非常懵懂的。也許我是那種感覺遲鈍、後知後覺的人，有些事情在發生的當下，我反而好像站在旁邊，看著別人的事情似的。回想兒子出生當天的經歷，許多細節還歷歷在目，但卻好像沒有教我非常激動的地方。

妻子是預約日期剖腹產子的，所以我們沒能經歷那種發生突如其來的陣痛、在慌忙中趕往醫院的刺激場面。那位婦產科女醫生說孩子的頭部太大，自然分娩會有困難，建議剖腹。事後回看，那可能是醫生為了安排自己的工作日程，減省麻煩的藉口。既然醫生說有風險，我們便唯有乖乖地聽從了。

在預約日期之前的晚上，我先把妻子送進醫院留宿，自己一個人回到家裡，心情還未至於太緊張。事實上，我完全想像不到產子是怎樣的一回事。我記得當晚也算是睡得不錯的。第二天大清早，我便到醫院去等候。預產時間為早上九點。妻子選擇了下半身麻醉的手術，可以在無痛而清醒的狀態下，看著孩子出生。我也陪同在旁，見證著整個過程。我記得在產房內，我的表現尚算鎮定，全程向著即將成為母親的妻子微笑。妻子看來也不算緊張。因為剪短了頭髮，樣子看上去有點孩子氣，好像在玩一個特別的遊戲似的。我當然沒能看到動刀的情況。只見在遮擋著妻子的下身的布幕後面，醫生在純熟地操作著，直至某一刻，就聽見護士們「好大隻」的讚嘆之聲。我知道，兒子生下來了。

對於兒子出生的整個過程，我當時的直接感覺就是「有趣」。聽說有一位凡事冷嘲熱諷的男性友人，在產房內陪產的時候，激動得涕淚縱橫，完全失去了平素的風度。我看著那團從妻子體內拿出來的東西，感覺卻是十分陌生，一時間未能把它和「我的兒子」連上關係。看見護士在一旁為嬰兒抹乾淨身體，聽著他呱呱大哭的洪亮聲音，看著那小小的肉團竟由當初的紫色慢慢地變成粉紅色，我當時的樣子，大概就像個帶著好奇的神情觀摩什麼生物實驗課堂的學生吧。我沒有忘記拿出相機來拍照留念。由始至終，眼前這個由紫變紅的「有趣小生物」，和他就是「我的兒子」這兩個概念之間，也沒有完全重疊起來。我是在當天的稍後，看著這個眼睛還是閉著的小嬰兒，竟然懂得本能地張開嘴巴吃他的第一口奶的時候，才開始意識到：是的，他就是我和妻子的兒子啊！隨後而來的醒悟是：我已經成為一個父親了。後面這一點對我來

說更加陌生。想到這一點，事情就不單單是「有趣」可以形容的了。

另一個有待適應的概念，就是這個嬰兒名叫「董新果」。這個名字我們很遲才定下來，大概是妻子懷孕七、八個月吧。之前想過許多名字，也沒有「就是這個了」的感覺，都是無可無不可的。後來在書店看到也斯重新出版的一本舊作，寫於七〇年代中的旅遊台灣散文集《新果自然來》，突然就覺得非「新果」二字莫屬了。開頭的確是覺得有點古怪的。更古怪的是，當孩子真的出生了，正活生生地睡在你的懷裡，而你要喊他的名字，這個他本來沒有的東西，我想無論是喊作什麼，最初都會顯得有點生硬吧。但當我們整天「新果」、「新果」地喊，很快這個名字就像他本身的屬性似的，變得自然而然了（這就是「新果自然來」的意思？）。

當肉身、身分（父母的兒女）和名字三者毫無間隙地重疊在一起，這時候一個「人」才正式誕生了。所以，出生其實不是一剎那的事，而是一個過程。到一天走到人生的盡頭，肉身、身分和名字又會再分解。那時候，我們才能夠看到人生的實相，原來是因緣和合的現象。也許我當天覺得的「有趣」，其實是一時間無法適應和合現象的心理反彈吧。

也許是從兒子今天已經如何的這個角度回想，兒子出生的時刻才見出感嘆。而這種感嘆只有與日俱增。兒子十歲的時候回顧，跟到他二十歲，三十歲，甚至年紀更大的時候回顧（如果我還在世的話），那個出生當天的意義就一直在變化，感慨也就愈來愈強烈，因為今天的他和當天的他的差別只會愈來愈大。

我的兒子現在十二歲。我嘗試從十二歲這個座標回顧。他當然沒可能記得自己出生當天的事了。那他的記憶可以延伸到多遠呢？我問起他兩三歲時的事情，他一點印象也沒有。四五歲的也非常勉強。再說到六七歲的記憶，他的反應往往也只是「是嗎？好像是吧！」而身為父親的我打算做出的深情緬懷，就完全敗興而回了。

兒子出生當天的體驗，注定不屬於我和他的共同記憶。原來有些事情雖然一起度過，但記憶卻是單方面的。我記得他的生，正如他將要記得我的死。

不過，也許我並不真的是那麼遲鈍、那麼後知後覺的人。對兒子的出生感到「有趣」並不是壞事。如果我當他的父親和他當我的兒子的共同人生能夠以「有趣」總結的話，老實說也是不錯的。

在孩子出生前那個世界，和孩子出生後的那個世界，是兩個世界。

駱以軍

瘦：

我回想當年妻子懷了我們第一個兒子阿白，整件事以當時的我來說，就是渾渾噩噩、脫離現實。當時她也還沒工作，我也辭了之前在出版社影子編輯的工作，老實說，我根本沒做好準備要當「另一個人的父親」這個角色。我可能從十九、二十歲，就立志要走寫小說這條路，可以說到那時為止的十多年，全是以閱讀小說、練習摸索寫小說來配裝自己（讀你寫的，我真的感到自己是個任性自我且衝動的牡羊座）。對我原生家庭來說，我是個任性的兒子，想要做什麼，我父母好像也攔不住我。當時對寫小說有一點「殉道」的味道，可能我們那年代的文學青年都有那樣的氣氛吧。當時是看了余光中先生翻譯的《梵谷傳》，想說拚了寫，到了三十七歲就「砰掉」自己，這樣的對未來想像，怎麼會想到要生個孩子呢？

當父親這件事的責任、經濟壓力、時間的耗損，完全不是當時的我能想像的。仔細想來我老婆年輕那時，那樣一個美人兒，竟會選擇跟我這個流浪漢過一生，而且她當時還滿心要生個孩子，這整件事真是胡鬧。總之，我們婚後兩年還是租住陽明山的學生宿舍，過著完全和社會的時鐘齒輪脫節的生活，她也支持我的小說夢，但我那段時間一個字也寫不出來，很消沉沮喪，後來因為和山上的鄰居發生衝突，我們便搬去深坑再進去山裡些，一個我母親買的小房子。

奇怪七月搬到那兒，我老婆九月就懷孕了，我那時在寫一個長篇，隨著她的肚子愈來愈大，我也跟著去產檢啦，去醫院跟其他一些初要當新手父母的人，做一種產婦在臨盆時的「拉梅茲呼吸法」課程，也陽光的跟妻子說一些憧憬、期待的話，但心情上似乎是「這本必須趕在小孩出生之前拚完，小孩一出生我就別想這樣任性寫了」，一種惘惘的威脅，書寫的自由將被取走的焦慮。我的小說世界那麼暴力、那麼變態，但我身邊的人沒有一個翻開我的小說讀過，否則大家應該不准我生孩子吧！我老婆那時的妊娠現象是一直在昏睡，我則在樓上的一個閣樓上拚命寫，如今回想，那或是我書寫生涯比較幸福，無須為生計奔波和外面世界打交道的少數幸福時光吧。

小孩生了，我們用什麼養他也沒個譜，總之就像玩扮家家酒，玩大了、不可收拾，只有硬著頭皮任憑事情發展。當時有一陣我喉頭非常痛，像被什麼鎖住一樣，去看耳鼻喉科看了好幾個月，吃許多消炎藥，都不見好，我自己還亂想是否喉癌。後來看到一大醫院的醫生，他說你這叫「慢性咽喉炎」，是內心壓力過大，自己把它壓制住，以為吃得下來，其實身體便出現反應。

總之那天深夜，我正呼呼大睡，妻把我叫醒，說：「好像破水了，我已洗過澡，你帶我去醫院吧。」當時我開著一輛爛車，避震器很差，從那偏鄉開往台北，我記得在彎道間一震就像經過坑洞的劇烈顛盪，和那車頭燈打向前方一片漆黑像夜海行舟的感覺。妻子那時好像已開始陣痛，我一直安撫駕駛座旁的她，其實心裡非常害怕。我因為沒經驗，所以很擔心萬一她像電影演的，就在這途中生出來我該怎麼辦？其實後來到了醫院被護士推進產房，她足足生了十三、四個小時才把那孩子生出來。那真是慘烈的漫長的半天。我有一位長輩，據說當年他妻子生產時差點難產，後來他死都不肯再生第二胎。我完全可以瞭解那個驚嚇。那段過程我老婆一直呻吟，到後來我覺得她根本已虛脫、昏迷，醒來再繼續受那像中國古老車裂之類的刑虐。隔壁床則用簾子隔著，我不記得還有幾位其他的產婦在慘號。前面我還在一旁，

照那「拉梅茲呼吸法」的訓練，對我老婆說「呼～吸～呼～吸～」……後來實在太漫長了，我竟睡著了，還發出非常大的鼾聲。這畫面我之前有寫進小說裡。

這似乎是無甚特殊的經歷（所有生過孩子的，誰不是那麼慘烈辛苦呢），但我還是覺得這件事對我的衝擊，不輸後來我父親的死亡。主要是，它們各自在當時，我都要被推到極近距，去進入那個「當事人」的角色。而那時的我那麼一無所有，無從張開翅翼遮蔽保護那需要我出面保護的。我慌慌張張，和近乎昏迷卻沉靜和產道裡的嬰孩搏鬥的妻子相比，實在是個廢物。

我的感覺是，在孩子出生前那個世界，和孩子出生後的那個世界，是兩個世界。很像年輕的妻子在一受折磨的意象裡，夢境裡，生出了後來的這個世界。之前的那個世界，我們被一種創造的妄念迷惑，認為只要在「我自己」的這個大屋子裡，那或稱之為小說的，有點像少年Pi的大海，那一切的發生無邊無際。但那一天，孩子的出生痛擊了這樣純潔「卵中少年」（龔萬輝的小說）的我們。我要到可能四、五年後，孩子要更大些，才進入「父親」的角色。我吃的辛苦遠不能和你比，但當初糊里糊塗的有了孩子，到混亂的、顛三倒四的扮演著父親，我覺得好像終於也在體內像國王企鵝的脂肪，長出了一個被迫包覆在那時妻子生出的新宇宙之外的，某種守護者或必須不那麼暴躁衝動的人格。這像個祕密，然後有一天，好像我們終於在混亂中臉孔如液態漩流，從那蛋殼外的包覆的那層凝固了，不知不覺成為這個比較老的「父親宇宙」，永遠挪位讓給那個像太陽融合光焰核心的「孩子宇宙」。

肥

自己的第一本書

「第一本書」是指像觸電那樣讓我們終於被賦予文學意識的那本書，還是更早之前的，像孤魂野鬼還沒投胎到哪戶人家婦人的肚子，還在飄浮、晃盪、無意識的呆活著？

駱以軍

瘦：

哈哈，這個題目是「天工開物」啊！其實也是「時間繁史」也是「學習年代」啊！真要認真回想時，發覺又是「安卓珍尼」——所謂爬蟲類的夢境之景。

許多年前，有一次一個文學雜誌安排我和柯裕棻，有個對談，大約是談談小時候家中的「書的記憶」。發覺非常有趣的是，我們童年記憶，家裡客廳會隨手抓到的「讀物」，都有《讀者文摘》、《皇冠雜誌》，母親們通常會訂一本《婦女雜誌》，或還有《電視周刊》這一類的吧，有段時間，還會訂個《王子雜誌》（好像是漫畫吧）。當然那年代台灣（或許是台北）小孩家中的，東方出版社的一些注音版的少年讀物（闕如《福爾摩斯全集》或《亞森羅蘋全集》），或《基度山恩仇記》、《愛的教育》、《湯姆流浪記》、《圓桌武士》，我比較沒印象（我總懷疑，那後面的更完整的書單，是否是一個亞洲、第三世界，所有那一代小孩，都相同的一個建構他們對世界想像的背景之書）。

駱

比較特別的，是很長幾年，我從約小四開始吧，找到我父親某個書櫥最底層，一排那種紙質粗劣、黃褐色，字印的非常小的各種中國演義小說。我當時有埋頭看進去的，譬如《西遊記》、《封神演義》、《朱洪武演義》、《征東征西掃北》（薛仁貴薛丁山他們的故事）、《綠野仙蹤》、《說岳全傳》，我看不懂《紅樓夢》，好像對《三國》、《水滸》也迷迷糊糊，不太有印象。

真的說，那就像後來的少年在看日本動漫，或玩game裡的闖關故事吧，不過我想多替這樣的「史前史」「爬蟲類的夢境」多說一點。我小時候我母親常帶我們去台北的不同寺廟拜拜，譬如「龍山寺」、「保安宮」、「行天宮」，那些後殿陪祀的神明、彩繪的泥像，幾乎全是那些演義故事裡跑出來的人物。而那些廟裡擠著的阿婆、婦人，跪著合掌的、捧著鮮花素果的，叩叩叩叩沉肅的木魚聲頌經聲，就像若是現在的小孩被帶去——廟或教堂，大人拿著香束虔誠拜著漩渦鳴人、卡卡西老師，或變形金剛的塑像，那孩子應該也會對「祂們是真的在另一個次元存在著」，連觀音菩薩在《西遊記》裡都那麼像福音戰士的背後領導。它很怪，完全不是我父親這種外省人心中的「中國」，它是非常南方、繁複、俗麗，甚至我童年並聽不懂的台語，仙、佛、道、神將軍、地獄、城隍，一個宛然、幽渺的神靈世界。

瘦，你的這一題，有著奇妙的時間副詞像鬆散、雪崩的冥王星。

「第一本書」是指像觸電那樣讓我們終於被賦予文學意識的那本書，還是更早之前的，像孤魂野鬼還沒投胎到哪戶人家婦人的肚子，還在飄浮、晃盪、無意識的呆活著？在我身上，很遺憾的，十八歲以前吧，其實沒有出現過那個幸運的、觸電的，將整個宇宙翻轉過來，從此變不一樣的人了——的那樣一本書。我如今還是遺憾自己整個青春期都浪費了。很長的時光，我坐在教室最後一排，完全無法聽台上老師在說啥，或許離開校門回家的這段路，在永和那迷宮巷弄裡，或河堤上，冒險、遛達，偷腳踏車，被更大的孩子勒索，鑽進小爛撞球店或那時方興未艾、雜貨店裡的電玩機台，有最原始的水果盤賭博機台，也有日本剛引進的初代電視螢幕的小蜜蜂、小精靈、長生鳥，或有國中時，在永和巷弄裡那窄仄的漫畫出租店裡，糊里糊塗讀了瓊瑤的《碧雲天》（還有她很多本），古龍的大部分，還有很怪的一本司馬中原的《失去監獄的囚犯》、《巫蠱》。高中時，有段時間超迷三毛，這都是我後來很羞於跟文學同伴提及的，那個苦悶、憂鬱，找不到方式描述那個爬蟲類般的自己，那對峙的那個世界，也沒有遇到個老師或神父或什麼前輩，在那年紀給予提點「該趁現在好好讀哪些書啊」。

我是到高四重考班（當時還是不想念書、不想考聯考），在補習班旁一家百貨公司的三樓嗎文具部（當時還沒有誠品金石堂這樣的連鎖書店），中午休息時間，分了許多天，後來蹺課了，站著讀了一些「文學書」，我記得有兩本書對我造成很大的衝擊，一是張愛玲的《半生緣》，一是余光中翻譯的《梵谷傳》。那真是讓我天旋地轉，和所站著的身旁的百貨公司那些櫃員和顧客，好像抽光了正常的光線和空氣，有另外一個世界從腦額處被光隙穿透過去了——「我要作一個創作者」。

但它們就是我甘願將知視為「我的第一本書」嗎？第一本啟動了我的文學意識「現代」——即使離創作還非常遠，但已開啟了「現代小說的閱讀」那個大爆炸奇異點？我好像也不甘願說是它們，好像更應該是在陽明山時期，第一次讀到太宰治《人間失格》，第一次讀到三島《金閣寺》，第一次讀完杜斯妥也夫斯基《罪與罰》，這樣好像一個女人回憶自己的「第一次」，希望自己失去童貞的那個重要關卡，是由一個後來不斷修改、挑選的某個男人，來破她的處。但我覺得你這個「第一本」本身就意味深長，第一次識字，印象中的那本書？第一次在某本書產生了故事意識，脫離了這個乏味平庸的現實？或第一本將這個分崩離析的古大陸板塊串聯起來，思考「為什麼活著？」「高貴是什麼？」「罪是什麼？」「瘋狂的愛是什麼？」像某個催眠師啪地彈了下手指，我們從此進入一個很像壓克力窄箱的世界，「從此不可能真正幸福了」。是哪本書，第一次在我身上動了這樣的手腳，我悃然又猶豫。

肥

我們不自覺地渴望，可以尋回那個啓動我們的寫作意識，或者殖入創作的胚胎的神祕時刻。

董啓章

肥：

哈哈！你會錯意了！我本來的意思是，寫自己所寫的第一本書。不過，這也可以見出你到底是個純真的人，第一個反應不是想到自己是個作家，而是從一個讀者的角度，追溯到自己最早的閱讀經驗，進入了那還未出現功利的寫作意識的童年和青少年時光，去尋求那懵懵懂懂的，不為什麼而看書的起始點。人生的「第一本書」究竟是哪一本？或者這個「第一本書」究竟是否真的存在？這真是個有趣的問題。那我就將錯就錯，按你打開的方向，也來談一談這個吧。

不為什麼而去讀。我認為這是一種純真的心。到我們自己也已經成為一個寫作的人，又或者有成為寫作人的意識或欲望，看書就難免附帶其他的動機——例如這本書對我有沒有用？它會否成為我理想的標尺？或者學習的楷模？或者與之對話的對象？或者批判和挑戰的對手？一個作家（或準作家）的閱讀已經不再單純，總是帶著比較的眼光，無論對象和自己是多麼的懸殊，無論對對方是感到仰慕還是不屑，純粹去享受一本書的感覺已經不存在。這也許是作家的悲哀。所以有的作家不讀當代的書，只讀古代的書，有的則不讀同行的書，而只讀跟自己專精的範疇不同的書了。（詩人不讀詩，小說家不讀小說，文學人不讀文學，確實是大有人在。）

所以，當你把「第一本書」追溯到寫作意識的胚胎根本就未成形的年紀，不知怎的，一種美好的感覺油然而生。可惜的是，從我們今天的角度，也即是已經成為作家的角度，這樣的回憶也無可避免沾上了「有所為」的觀點。我們不自覺地渴望，可以尋回那個啟動我們的寫作意識，或者殖入創作的胚胎的神祕時刻。這樣說來，我們的動機還是功利的。我們試圖去重構當初無所為而讀的某一本書與今天自己所成為的人的關係。事實上，這樣的因果關係是否真的存在，那也是可疑的。我們頂多只是從果推因，把過去扭曲成為今天服務的樣子吧。當這種因果關係被確立起來，我們之所以成為作家便有了一個有跡可尋的故事，並且賦予了它某種命中注定的意思。至於有沒有傳奇性，則因人而異了。

我以前在不同的場合也虛構過幾個不同的故事。我說虛構，並不是作假。那些書我的確在童年時代看過，而且甚為珍視，對我的思想和教養也肯定有某程度的影響。但是，它們是如何促成我最終成為一個作家，這恐怕是一番事後的杜撰。比如說，我曾經談過一本叫做《即學即玩的魔術》的小書，單看書名就感到它蘊含的巨大而豐厚的故事性。這是我小學時期買的書，大概是三、四年班的事情吧。以今天的標準來評價，這本書不但印刷粗糙，內容也非常幼稚。從簡單的障眼法到複雜的刀鋸美人之類的魔術，它都包羅其中，而且都一本正經地詳述了具體的操作方法。但稍有智力的人也可以看出，如果照著做的話，除了露出馬腳之外，很難不鬧出笑話來。可是，當年天真的我還是看得津津有味，在想像中不斷演練書中那些蹩腳魔術。（奇怪的是，我好像沒有怎麼真的付諸實行過。這完全符合我只愛空想的性格。）可想而知，這段童年回憶是怎樣的一件至寶，讓我可以加鹽加醋地編織出「受到這本書的啟蒙而後來成為文字魔術師」的富有隱喻性的故事。更有趣的是這本書今天還在我手邊，讓我有時也會帶去某些演講場合，作為確鑿的證據來加以展示。

被我以不同形式在不同場合利用過的「第一本書」還有其他。我說到過一本《圖解英漢雙解辭典》、一些插圖本的世界名著簡譯、一系列的第二次世界大戰叢書、簡化版福爾摩斯探案等等，似乎都是些不成氣候的東西。（我小五的時候，在活頁簿上學模學樣地寫了一個古屋怪談的偵探故事，想來應是我的第一篇小說創作。很可惜，實物已經不傳。）事實上，這個「第一本書」越是無聊，虛構出來的啟蒙故事就越精采。假設有人說自己的第一本書竟然是《紅樓夢》，這要不是假得出奇，就是教人悶得發慌了！由此可知，追本溯源這回事，因和果的差異往往不成比例。物種起源，也只是最微不足道的單細胞生物。關鍵在於今天啊！

這樣說來，設這樣的一個題目，也不過是給自己一個賣弄的機會而已。看著沒有防備之心的人如你，認真地苦苦憶述而只得一場失落和惆悵，還害你一個答錯題的尷尬，真是我這個始作俑者的罪過！

瘦

自己的第一本書（續）

第一本小說：一種非常像宮崎駿電影對飛行器的迷戀，有一種機器人設計草圖競賽的光滑弧線，和對結構、風格化的崇敬或自信。

駱以軍

瘦：

啊！我果然出錯了。但其實，若要回想我自己的第一本書，那真的不是故意又要耍寶，而是這樣回想我生命不同時期，那昆德拉在《不朽》最後一章，提到的「生命的鐘面」，某個重大、絕對、神祕，或致命的時刻，對這個人這生無數紊亂支流的，一生的眼睛無聚焦的意識流，那少數的幾個時刻，像鐘面指針走到這人隱密的刻度，鐘上小門會打開，有布穀鳥或小天使，或小熊出來唱歌，則我的這些「生命的鐘面」常是胡鬧、悲慘。我記得那時，我的幾個短篇由我的小說老師，推薦給當時聯文的總編。但當時拖了彎久，這中間又有別家出版社編輯來要我稿子，我當時不懂這些人情義理，也給了另一批作品，好像弄得有點不開心，可能前輩覺得我這年輕人怎麼那麼急，我年輕牡羊座可能覺得我哪知道啊?!

總之終於有一天，說要簽約了，約那晚七點在中山北路一個巷子裡，還有我的同學師瓊瑜也交了一本短篇小說。我那時念關渡的藝術學院戲劇所，不記得為何，那天傍晚被學長拉去吃川菜，仔細回想我整個研究所三年，也就那次被學長拉去吃飯，不知為何事情就撞在一起。之後我就從關渡飆車趕進城（我那時開一輛二手裕隆的飛羚），其實一路上就覺得肚子不太舒服，到了中山北路、林森北路那一帶小路，塞在車陣裡，找不到停車位，肚子就愈劇痛，我還記得車窗外華燈初上，車潮如燒灼暈染的大小光球。我被包圍在那我也不熟悉的街區，我一開始還那樣繞，後來想媽的只要看到麥當勞（有公廁），我就把車靠紅線停了，被拖吊也就算了。那時我真的是窮小子，城裡這一切對我何其陌生，我要去見的人，要簽的我的第一本書的合約，對我想像的文學之路何其重要，但我開始在那停止不動的車陣中的車內，抓著方向盤狂念觀世音菩薩。後來我就在那封閉的駕駛座哭出來了，因為我終於沒忍住而失禁了，後來我也不記得我如何把車開進一暗巷的陸橋下，脫下牛仔褲（那時我還是瘦子）把沾滿稀屎的內褲丟了，有兩個阿婆剛好經過，一臉驚恐好像我是變態。那一切對我都不重要了，我覺得我的文學路完蛋了。

我哭哭啼啼把車開回陽明山，在一老人溫泉浴池旁引水，用我洗車窗的清潔劑，一遍遍擦拭我的椅座，然後狼狽回我的學生宿舍沖澡、換衣褲。我隔壁的室友問我「怎麼那麼早回來？不是去簽約嗎？」我說「別提了。」結果到了九點多，師瓊瑜打電話到我陽明山宿舍（那是還沒手機的年代），「駱以軍你怎麼那麼大牌？我和初先生從七點等你到現在？」後來我問了，好像命運之門還沒向我關上，立刻飛車下山，再度趕去那酒館。很怪，我記得那晚，前輩沒有不開心的樣子（或他以為我是個桀傲不馴的年輕人吧？）。我只說我身體不太舒服，後來也就簽了約，之前那噩夢般不可能的一切，像仲夏夜之夢什麼都沒發生過。後來師搭我便車回山上，一路上，我們應該都很開心吧（究竟是人生的第一本書啊）。她突然問我「為什麼車上臭臭的？你大便在褲子上啊？」我還惱羞成怒對她說「再囉嗦就下車」。（這一切我曾把它變形寫進《第三個舞者》一書。）

最近身體不好，在與你寫這些對談時，回憶起一些從前的事，心中其實悲傷莫名。曾浮出這個念頭：是否突然就掛了，為何竟想起這些？（當然希望我們都能再至少活個二十年）。我想講一下那種終沒有成為要緊、值得被記下的「黍離之哀」。我們都是在三十歲以前，透過文學獎而取得出書資格的那一代小說創作者。其實在那時是帶著小說、小說的各種實驗可能，我們用這種文字書寫，有一天是可以啟動小說，讓小說的延異性、辯證性、話語內部的虛構暴力，像大江、波赫士、卡爾維諾、昆德拉、馬奎斯，可以鋪天蓋地，繁複如DNA螺旋體旋繞建築。那個年紀，我身邊，或遇到的一些年輕創作者，性格如此不同，但都像獨角獸頭頂帶著這樣年輕藝術家的光焰，然後有一些像同伴的白鳥墜落了。

那之後又過了很長的一段時日，我一直把我的第一本小說、你的第一本小說、黃錦樹的第一本小說、邱妙津的第一本小說、賴香吟的第一本小說、袁哲生的第一本小說、成英姝的第一本小說、黃國峻的第一本小說，或我們那代另一些人的第一本小說，視為一種非常像宮崎駿電影對飛行器的迷戀，有一種機器人設計草圖競賽的光滑弧線，和對結構、風格化的崇敬或自信。它不需要像現在年輕一輩作者，第一本書就要曝露在一種出版人已摸清市場毫無可能，而無來由的年輕人的抱歉，屈辱感。仔細回想，那時很短暫的一段時光，台灣的文學環境，對這樣的年輕創作品，是當它是一獨自生命的一隻鳥，或一匹鬃毛翻飛的奔馳的馬，非常愛惜尊重。我想這二十年來，那個無法追問「是何時消滅的？」對小說的唐吉訶德光度，究竟是消滅了。

或也不是這個層面，似乎那時互相並不認識的我們，被那奇幻的幾年的空氣，允許或暗示，比虛構還要規格更高一點，潛水深度要更深幾碼，冒險要到更遠一點的虛構。

我自己回想第一本小說集裡的幾篇，〈手槍王〉我還是很喜歡；另有幾篇，笨拙地想實踐大江〈聽雨樹的女人〉，現在看來頗呆。但那些練習對我是重要的。我好像在那麼年輕的時候，就在和自己的小說相撲或摔跤，一直到後來的小說還是。

出版了第一本小說、第二本小說、第三本小說，慢慢理解那個應該是充滿創作者鼻息噴出的濃度最高的「小說之氦氣」，結果常是停留在《儒林外史》那樣的權力話語的協商，那樣一個從層層累聚陰影向下望的暗影。那些曾出版過一些平庸爛翻譯小說卻在數字上暢銷的出版社，讓現在書店的景觀，有十幾年來就全充斥著那些平庸的全球化搭配電影工業的爛翻譯小說。

但其實好像我們慢慢登場的時辰，小說的出版就大約在一個不景氣「下墜的箭矢」。你要堅持一個「第一本小說」在時光中延續的純粹書寫，勢必要帶上某種宗教性殉於寫的貧窮狀態，很妙的是，我《壹週刊》專欄被停之後，即奔波於接各種大學高中的演講，評審，那評審費都少得可憐，三千，多一些五千，而遇到的靠這些評審費當生活收入的，全是我這輩的，且是二十年前決定當「專業作家」的同伴。倉倉惶惶，這一年半我根本不可能寫作了。

前幾天讀了錢理群一篇寫沈從文在一九四九之後，自殺未遂，到慢慢內心被真的清洗，相信自己是「時代脫節」者，相信自己有問題，收到出版社通知自己之前的著作全部銷毀，他給家人信上說「我寫了五十種小說，總不至於全部有問題，連幾篇都無法留於世嗎？」

看了覺得沉痛到無以復加，出第一本小說集時的我，如今回想是幸運的。

肥

所謂的「第一本書」就像一個不應該生下來的孩子一樣，永遠處於胚胎狀態，又或者像一筆永遠不提取和使用的儲蓄，又或者永遠不從泥土挖出來的黃金，都保有了它們的無限開闊的可能性。

董啓章

肥：

關於自己的第一本書，卡爾維諾在他的《蛛巢小徑》序言裡早已經有過精采的論述。他的意見是：「最好別要寫你的第一本小說。」為什麼呢？其中一個原因是這樣的：「在你寫第一本小說之前，你還擁有開始去寫作的自由，而這自由一生只可行使一次。當你事實上還未被別人定義之時，第一本小說就已經定義了你。自此你就要背負著這個定義度過你的餘生，不斷嘗試去肯定它或延伸它或修正它甚或是否認它，但你卻不再可能擺脫它。」這樣說來，寫作以至於任何世間上的行動，都是一個失去自由的過程，因為你一旦幹出了什麼，而且留下了痕跡，你就失去了還未幹出之前的「可以幹，可以不幹」和「可以這樣幹，也可以那樣幹」的懸而未決的自由和無限可能性了。一旦寫下了，幹出了，在時間上就不能逆轉，而在空間上則變成了一件公開的事情，也因而難逃被世間所定義。而且，這個自己與世間的定義之戰，將會是長達一生的。

對於一個文學名家對新人的意見，上面說的已經夠令人氣餒了吧。還不夠呢！更駭人的在下面。卡爾維諾繼續說，急於寫下自己的第一本小說的另一個惡果，關乎你自以為很值得大大書寫一筆的珍貴經驗的存亡：「第一本書立即變成了你和那經驗之間的障礙物」，它「會斬斷你和那些事件之間的連繫，毀滅記憶的珍貴祕藏」。經驗是書寫的永恆泉源，但書寫並不能令經驗更豐富，相反，它令經驗定形、僵化、失去生命力。「經驗也是文學作品的基本養料，是每一個作者真正財富的來源，但當它一旦成形於一部文學作品，它就會凋萎，死亡。作者一經寫作，就會發現自己淪為人世間最悲哀的人。」

連卡爾維諾都這樣說，真是夫復何言！那麼，所謂的「第一本書」就像一個不應該生下來的孩子一樣，永遠處於胚胎狀態（這和不去做生孩子的那件男女之事是不同的），又或者像一筆永遠不提取和使用的儲蓄，又或者永遠不從泥土裡挖出來的黃金，都保有了它們的無限開闊的可能性。這樣說來，像我們這些雖然未算長輩但也畢竟在寫作和出書這等勾當裡打滾了二十幾年的作者，要聽取這項寶貴意見已經太遲，而只能懷著悔恨和悲哀，繼續去修補當初一時衝動所犯下的過錯了。

也許，這只是卡爾維諾對自己的「少作」感到尷尬或不滿而作出的一番貌似自我批判的掩飾之辭。大家不用拿他當真的。而當中縱使含有更廣義的哲學上的真理，也不應該成為阻止一個新人寫出第一本書的理由。畢竟，無論誰怎麼說，以及在何等惡劣的寫作和出版環境下，還是會有一代又一代的年輕人，在無論做足準備還是毫無準備的情況下，寫出了自己的第一本書。當中不乏有些也不幸地是自己的最後一本書。卡爾維諾只是提醒我們，要小心謹慎，而且清楚地知道後果和代價。

就如我上次所說，所謂「第一」其實並不是一個事實上的起始點，而是後來為了自我定義而畫下來的標記。所以，有時候我會以自己的第一個短篇小說〈西西利亞〉為起點，大談它的寫作和發表的來龍去脈，好像它是什麼開天闢地的神話事件似的。順著卡爾維諾的思路，這正正就是後來的我對當初的我寫出了如此稚嫩不堪的少作的一番補救行為。不過，最常被認為是我的第一篇以至於第一本作品的，應該是《安卓珍尼》吧。其實，要說在時序上的第一本書，並不是《安卓珍尼》，而是在此篇獲獎之後到成書之前的另一本在香港出版的校園小說《紀念冊》。所以，有點不夠完美的是，年輕的我第一次把「自己的書」拿在手裡，激動猶如抱著自己的初生兒的，那本書並不是《安卓珍尼》而是另一本份量甚輕的小書。

不過，其實也沒所謂吧。而且，無論是〈西西利亞〉、《紀念冊》，還是《安卓珍尼》，也遠遠未到造成那種消滅經驗的災難性後果。也許，這是因為卡爾維諾言過其實，又或許，純粹由於這幾篇東西在經驗上的覆蓋面不夠廣，深度也十分有限吧。不知是幸還是不幸，我一直寫到《天工開物・栩栩如真》還未有真切體會到經驗枯竭的危機感。這在被認定為「經驗匱乏」的我們這一代來說，不是有點奇怪嗎？難道是因為我們的臉皮夠厚，把那些還未夠格的經驗都拿出來充當什麼大題材，就像一個窮人把家裡的瑣碎雜物當作什麼稀世奇珍拿出來販賣嗎？如果是這樣的話，我們的做法跟卡爾維諾所說的就是反其道而行了——不是先有珍貴的記憶和體驗而後考慮寫或不寫之，而是寫這個行為創造了記憶和體驗，並賦予某種珍貴之感。

也許是到了最後，來一個總體的累積，奢想自己的所有書加在一起，能接近某種《紅樓夢》或《追憶似水年華》的全方位全時間生命感，這時候才會出現卡爾維諾所說的，那種除了眼前留下來的這本書以外，一切也無法挽回，一切也歸於消滅的大悲哀。

自己的最後一本書

時間的感受比我們二十多歲時，以爲的那個一生，要短許多，更進入那個阿奇里斯追龜的無限小再切割更小的窄摺裏。

駱以軍

瘦：

很像大江的書名《別了，我的書》，恰好這是我們這一系列「肥瘦對寫」的最後一篇，很奇妙的，這個時間點在我們五十歲之界，有點像我們曾對談過的一篇〈一直很想寫但注定寫不出來的書〉。但這次的心情很像那部電影《阿波羅十三》，在經歷總總被甩離外太空，機件接二連三故障，一次一次驚險化解那難題，終於要進入那大氣層，之後降落艇能否承受下墜之高溫及重力的擠壓，不可知了。那幾個太空人戴上太空頭盔，對同伴說：「我榮幸與你們進行這次航行。」此刻很像我想對你說的，不僅是這本書的對話，還包括我們各自之前的小說，我們各自之後還會寫怎樣的小說，誰知道呢？

我今年大腸生了場大病，如果很不幸，今年意外就嗝屁了，那《女兒》就是我最後一本小說，其實我沒什麼遺憾的。但確實我生命的艱難，與創作無關的損耗，我至少少了三本以上應該不差的長篇。主要是我幾乎沒有完整的寫一個長篇的時光，而且仔細想，太急了，如果把之前的任一本書，放一放，不出版，繼續寫，如果還能再活個十年，想寫一本什麼樣的書呢？作為自己寫完，心甘情願可以去死的一本書。譬如像《紅樓夢》那樣寫它十年，慢慢蓋裡頭的亭台樓閣，各組人物的身世、性情、命運、他們之間形成的關係，一種靜態劇場的花樣年華，因為那麼複瓣繁華，所以各種角度都能切進去看到精妙。也許沒有一本書真正該被「寫完」的，但又要慶幸它們曾在某個年齡因無知而讓它結束於一本書的截斷。

我現在意識、知覺的這個宇宙，和上一本書合收起的那個意義宇宙，是同一個宇宙嗎？如果這個我像一艘遠洋大漁船，朝大海射出那盡其所能，工藝所能支撐力學的膨脹巨網，後來的這個拋擲投射，有沒有比上一次拋擲而出的，又不一樣的多維、凹凸，流過網眼的捕撈的或放過不補撈的，那整大包被罩補進我的拖曳網裡仍掙跳洄游的魚群，和原本牠們沒被兜進這個拖著前進的大船的「巨網」，原本自由、散亂、無死亡之迫力與時間感的海洋（自然）裡，有什麼意義的差別呢？如果你的每格網眼，是一幅刺繡，一個遊樂園的旋轉門，一只顯微鏡攝影下的螳螂的口器，一個美麗女孩的大腦海馬迴，一座唐卡或壇城對於空無與宇宙核心祕密的某一截面圖，某一個人在

某一時間刻度裡的記憶，或像《儒林外史》，它其實是一組一組十八世紀中國知識分子的陽奉陰違對一個「偽」的道德核心的各種機巧假扮，關係動態變化之探勘。

這個對「無數的其中之一」網眼的想像，終還是巴洛克式的，或者網中還像水母漂動，像薔薇花瓣層層包裹，一層一層透明薄膜的「俄羅斯娃娃宇宙」。於是我們或有了「宇宙母親」與「宇宙嬰孩」的胚胎聯想，有時間空間、有風火水土、有陰和陽、名與無常名，易卦的排列、變化。我們終發現人類思維的模型有其限制，於是出現了波赫士這樣的「圖書館」、「百科全書」、「神學大全」的好像是虛構者的極地插旗（因為網眼是無數複數增殖的智者或博學者可能比寫小說的人一生能及，更長壽命更高天賦更濃度大的著述之總和）。

其實，照你引卡爾維諾對「第一本書」的看法，也因此不可能有「最後一本書」的存在。它很像芝諾的「阿奇里斯追龜論」或「飛矢辯」（現在來說就是電影《全面啟動》（*Inception*），或波赫士的〈一個不為人知的奇蹟〉），無窮盡的在那個腦中最隱密的「奇異點」發動暴脹宇宙。有一個物質世界的強迫關機時點，這個「我」的死亡，距離現在這個我，還有十年？五年？一年？這個我能做的可能是最後一次「全面啟動」（用神的的角度，只是蛛網上一隻蝴蝶無謂且短暫的掙扎），它要投資成怎樣的一片「如果發射且在無垠太空漂流的電晶板」，它要被怎樣的型態濃縮，層層摺疊成「有一天有另個宇宙讀者收到，要解壓縮將它播放投影」，它能是一個栩栩如生，就像一枚宇宙創生蛋，裡面的人物們從眼睛嘴巴鼻孔耳朵吐哺流動著這個小宇宙閃爍或呼息的夢之稠液。

　　它於是變成一非常悲傷的行動，時間的感受比我們二十多歲時，以為的那個一生，要短許多，更進入那個阿奇里斯追龜的無限小再切割更小的窄摺裡。許多年輕時讀一本書時攤展開的時間曠野不見了，那個幸福再難重現，我們的時間被這後來揹上身的二十多年的回憶、所讀過的書、看過的電影，像撞球檯上各顆球之間撞擊力學角度計算，那麼多不同人的關係，收納進我們腦海的他們的故事，辯證支撐這些故事的善或惡，同情的根鬚，或這些人物他們也在我們觀看描述的時候，有日晷斜影，老去或修改記憶……這一切讓我們的剩餘時光，變成一個衰老宇宙，重力密度大許多，光度的穿透

也艱難許多。

我在摸索《女兒》這本書時，有想像逼近那像波光水影中跳閃小魚般的「一個個蓓蕾般的弦宇宙」，我希望它被解讀時，能像原子彈的核分裂那個能量在瞬間擠壓釋放的效果。當然後來已出版的銷售成績，或我比較在意的一些朋友的閱讀，它好像也沒有被我摺疊再摺疊那朵「一個不為人知的奇蹟」的內在宇宙之花，那樣同等的感動打開。這樣回想，每一個長篇的完成，好像就是一次懲罰，它讓你疲憊，四五年的摸索勞動或也無法從頭說某些時刻的炸裂、光爆，可能全是一場徒然，而又更衰老幾歲了。

你在幫黎紫書《告別的年代》作序〈為什麼寫長篇小說〉一文的結尾，有這樣一段話：「作為小說家，我們的工作就是以小說對抗匱乏，拒絕遺忘，建造持久而且具意義的世界。在文學類型中，長篇小說最接近一種世界模式。我們唯有利用長篇小說的形式，去抗衡或延緩世界的變質和分解，去阻止價值的消耗和偷換，去確認世界上還存在真實的事物，或事物還具備真實的存在，或世界還具備讓事物存在的真實性。縱使我們知道長篇小說已經成為一種不合時宜的文學形式，但是作為長篇小說家，我們必須和時代加諸我們身上的命運戰鬥，就算我們知道，最終我們還是注定要失敗的。」這段話對這一系列我們的對談，最後這個波赫士式的無法替「小說創作者生命的最後」與「他理想中那小說之途最後的那部小說」畫下時間括弧的提問，此刻在我內心還是像最寂靜處所傳來的樸素砥礪。但因這樣的話那麼純淨，它像是二十多歲的你（若是）遇上二十多歲的我，說出來的對文學夢激昂的願夢，我想像那時的我們，還沒寫出我們各自的第一本書，像是所有後來我們筆下的任何一篇小說，都尚未被創造出來一般。

肥

正如生命本身一樣，那個「最後」終必來臨，但那並不是單獨的一隻果子、一朵花，或者一本書，而是那棵樹最終的全體面貌。

董啓章

肥：

我也不知道為什麼要起這樣的一個題目。細想之下，連自己也有點承受不來了。讀了你寫的，就倍感悲傷。這個「最後的」，帶有太強烈的告別意味了。雖然作為我們這一年來的對寫的暫時終結，這題目可能是合適的，但是，縱使我們相約十年後再來一輪同樣的對話，誰又知道到時候會是什麼光景？不過，我不是想增添傷感，只是想提醒自己，這其實就是人生的常態。

你引述了我給紫書的關於為何要寫長篇小說的回應，我讀了頗感震驚。回頭一想，那是二〇一〇年底的文章了。那時候竟還敢像個年輕小伙子一樣，說出那樣的帶著視死如歸的心情的豪言壯語。事隔四年多，我自己延擱多年的長篇還未曾寫出來，而且看來遙遙無期，看著那個信誓旦旦的自己，豈不教人汗顏？那番話的潛台詞可能是，在明知文學已死、長篇小說已經消亡的情勢下，我們這些還要頑固地往死裡鑽的人，就必須抱著每一本書將是自己最後一本書的心理準備，跟那本書同歸於盡了。

我又忍不住說出這過分的傷感之辭了。我絕不希望是這樣的。我知道自己過於在意去製造這種「最後的」悲情，然後沉溺其中。也許，說什麼「最後的一本書」根本意義不大。這個「最後的」結果，是不由得當事人自己來說的。在大多數的情況下，一個作家的最後一本書，往往只是離開人世之前，能力所及的停止點而已。這是不必也沒可能預先鋪排的。在最令人扼腕的情況下，甚至連進行中的書也還未寫完，就已經猝然而逝。文學史上未完成的巨著多的是。《紅樓夢》後四十回的存在雖然在推論上成立，但也沒有十足把握，更難說是否已經圓滿寫就。普魯斯特如果不死，《追憶似水年華》也肯定會增生下去，沒有完成的一天。夏目漱石的遺作《明暗》未曾寫完，而他那只有十一年的創作生命，怎樣看也是過於短暫和提早腰斬的。至於像卡夫卡和佩索亞這樣的一生幾乎沒有寫完任何作品的作家，就更加不用說了。對他們來說，一開始就已經結束，最先的也是最後的，因為他們的寫作生涯裡，作品看似都是零零碎碎，但其實是同一部長篇的無數切面。

也許我們會以為，一個作家只要主動在生命還健全的時候封筆，這個「最後的」就沒有懸念。的確，世界上存在著這樣的極少數的幸運兒，在年輕或壯年的時候已經寫下了畢生的傑作，而且對此有著不可動搖的自信，到老年的時候就再沒有任何掛慮，而放心地享受到自己早已賺來的榮耀了。有沒有宣告封筆這回事，也一點都不重要了。不過，也有不斷地掙扎於封筆或停寫的作家，在作出這樣的宣告的下一刻，又受不住新的念頭的誘惑，或者對舊的作品的不滿，或受到新的經驗的刺激、面對新的現實的挑戰，而不得不一再打破自己的諾言，讓只會越來越年老衰弱的生命，再次投入另一本「最後的書」的搏鬥裡。這樣的例子，最顯著的莫如大江健三郎了。令人震驚的是，他竟然能以這樣的自我推翻，自九〇年代中第一次宣布封筆開始，繼續寫出了一本又一本的巨作。這不是才華橫溢可以解釋的事情，而肯定是一種生命力的無比頑強的表現了。又一本書，所提出的證明非常簡單，那無非就是——我還活著！我還未死！

我以前（只是幾年前吧）還奢望著以大江為榜樣，以為自己可以這樣既抱著末日的心態（自己的、文學的），又不斷以行動證明自己的錯誤，一本又一本地寫下去。但是，我現在覺得這樣的可能性相當渺茫了。原本就是一個脆弱的人的我，無論是精神上還是身體上，也承受不住永無止境的、不斷延展和增生的寫作意欲和意念了。所謂「最後的」隨時由只是一種心態或者藉口，變成不可推翻的事實。

不過，縱使如此，也不必過於自傷自憐吧。如果我們用的是線性的思維，是功利社會的利潤必須不斷提高，資本必須不斷膨脹的邏輯，我們就總是會覺得「下一本」必定要更好，而「最後一本」則必然完美地到達頂峰。而文學界的確習染了這種功利的心態，動輒就以某某作家後來不行了，來感嘆或嘲諷其成績的滑落。但是，每一個作者的創作其實是一棵共時的樹，而不是一條歷時的線（又或者兩者皆是）。在這棵共時的樹上，曾經結過的碩果和正在綻放的繁花並存，而更多的是作為襯托的綠葉，以及無數還未及開花，也可能永遠沒有適當的時機開花的蓓蕾。一棵樹能開的花，能結的果，是有限的。而且也不可能去計較，哪一顆、哪一朵是「最後的」，更不必說那是不是最甜美的、最燦爛的。

正如生命本身一樣，那個「最後」終必來臨，但那並不是單獨的一隻果子、一朵花，或者一本書，而是那棵樹最終的全體面貌。這些樹的面貌肯定是有參差的，有的高大，有的矮小，有的茂密，有的疏落。但是，怎樣也好，都在文學這片樹林當中，站住自己的位置。一直站到，這片樹林在地球表面消失那天為止。如果是這樣，也沒有什麼值得哀嘆的。物種有起源，自然就有終結。都只是自然演變的一部分而已。

在這個樹林還未消失之前，如果還有人無意間走進去悠遊一番，在角落裡發現一肥一瘦的兩棵怪樹，歪歪畸畸的立在一起，他會覺得這兩棵樹究竟像兩個人在比試武功呢？還是在哈拉打屁呢？我想，無論是何者，也可以算是一道值得一看的風景吧。

瘦

INK PUBLISHING 文學叢書 485

肥瘦對寫

作　　者	董啓章、駱以軍（按姓氏筆畫排列）
總 編 輯	初安民
責任編輯	陳健瑜
美術編輯	黃昶憲
校　　對	呂佳眞　陳健瑜
發 行 人	張書銘
出　　版	INK印刻文學生活雜誌出版有限公司 新北市中和區建一路249號8樓 電話：02-22281626 傳眞：02-22281598 e-mail : ink.book@msa.hinet.net
網　　址	舒讀網http : //www.sudu.cc
法律顧問	巨鼎博達法律事務所 施竣中律師
總 代 理	成陽出版股份有限公司 電話：03-3589000（代表號） 傳眞：03-3556521
郵政劃撥	19000691　成陽出版股份有限公司
印　　刷	海王印刷事業股份有限公司
港澳總經銷	泛華發行代理有限公司
地　　址	香港新界將軍澳工業邨駿昌街7號2樓
電　　話	852-27982220
傳　　眞	852-27965471
網　　址	www.gccd.com.hk
出版日期	2016年 5 月　　初版
ISBN	978-986-387-091-3
定價	330元

國家圖書館出版品預行編目資料

肥瘦對寫 / 董啓章、駱以軍著：－－初版，
－－新北市中和區：INK印刻文學，2016. 05
面：公分. --（文學叢書：485）
ISBN 978-986-387-091-3（平裝）

855　　105003523